[全新修订版]

中小学生阅读文库

草叶集

[美]惠特曼◎著　代秦◎译

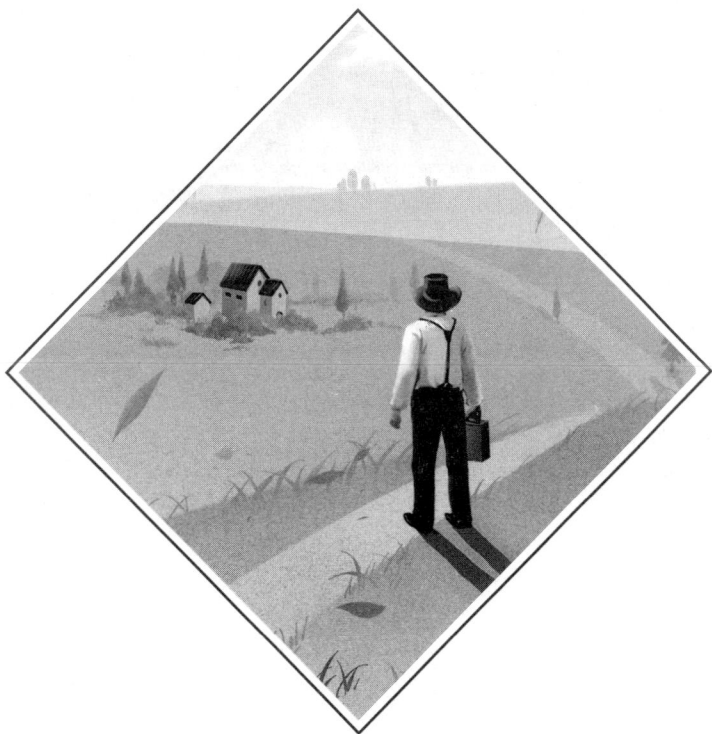

北京联合出版公司
Beijing United Publishing Co.,Ltd.

目 录

在路边

鼓声哒哒

纪念林肯总统

来吧,我的"灵魂"说,

让我们为我的 "肉体" 写上几句诗吧,(因为我们是属于一个整体的,)

以便我在死后,在不知不觉中回来,

或是在距今已久的一段时间里,来到其他地方,

在那里,又给同伴们歌唱,

(歌唱着大地的土壤、轻风、树木,和那奔腾的浪花,)

我还有可能永远愉快地笑着歌唱下去,

永远地记下这些诗句——就像我此时此地,

首先,

就在我的"灵魂"和"肉体"下面,签上我的姓名。

——沃尔特·惠特曼

铭
文

我对自己进行歌唱①

我对自己进行歌唱，一个单独的超脱的人，
但是，也会用"民主"、"全体"这些词。

我从头到脚地歌唱牛理学，
我说的不只是相貌或头脑，我说的是整体结构的价值要高很多，
无论是女性还是男性，都一样，我同样会歌唱。

歌唱那充满激情和力量的现代"生活"，
他愉快，支持那些在神圣法则的指引下形成的、最最自由的行动，
我歌唱"现代人"。

1867   1871②

---

① 这里是指一个人的内心以及特性，而不是指一般的自我。
② 左下端的年份为作者发表这首诗的年份，右下端的年份是这首诗被作者定稿的年份。

当我默默地沉思

当我默默地沉思，

回想我的诗篇，沉思着，久久不愿离开时，

一个充满怀疑的幽灵瞬间出现在我面前，

它年迈而又貌美，有着不同凡响的才能，

这古代各国诗人们的守护神，

它那双火焰般的眼睛紧紧地盯着我，

用手指向那不朽的诗歌，

发出恐吓的问话，你在唱什么？

你难道不知道对于长存不衰的诗人们来说，只有一个主题吗？

那就是战争的主题，每个战争中的命运，

以及那尽善尽美的士兵们的成长。

我立刻回答，那就这样吧，孤傲的阴魂，

我也要歌唱战争，歌唱一场比其他战争更持久而又伟大的，

它将在我的书中呈现，命运变幻莫测，逃跑，前进、后退，胜利被人们

　推迟，有时，又成败未卜，

（然而，我心中的结局是肯定的，并且是非常肯定的，）战场即世界，

为了人们的生死存亡，为了人们的"肉体"和那永远的"灵魂"，

看啊，我也来了，唱着战争的诗歌，

我的首要任务就是鼓励那些勇敢的战士。

1871

1871

在海上有舱位的船只里面

在海上有舱位的船只里面，

四周一片蓝色的海洋，

耳朵充满了狂吼的巨风和浪花滚滚的乐曲，巨大而又高傲的波浪，

或有一叶孤舟漂浮在那层层翻滚的海面上，

它愉快地、自信地扬着白帆，

在白天那泛着金光和层层白沫的浪中，或是在那夜晚的点点繁星

　下，划破天空向前进，

在那里，也许会有年轻和年老的水手们阅读我的诗歌，一些怀念大

　陆的纪事，

最后，与他们结为朋友。

这里有我们的思想，舵手的思想，

这里不仅仅是大陆，坚硬的大陆，他们也许会这样说，

这里还有高高的天空，我们感觉到了脚下的甲板在起伏，

我们感觉到了长时间的波动，永不停止的涨落，

看不见的神秘乐曲，这个海洋世界所唤起的模糊而又宽阔的联想，

　流畅的音调，

阵阵芳香，绳索发出的微弱声，忧郁的节拍，

那漫无边际的前景和那朦胧的水平线,全在这里了,

这是海洋的诗歌。

那么,书啊,请不要犹豫,快去实现你的宿愿吧,

你不单单是对陆地的怀念,

你也像一只勇敢的孤舟, 不知驶向何

方,却始终充满着永恒的信念,

请你伴随每一艘

航船,扬

起帆前

进!

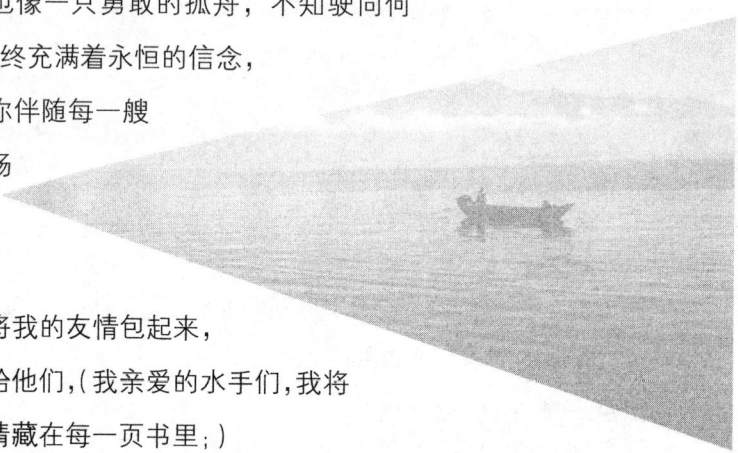

请将我的友情包起来,

带给他们,(我亲爱的水手们,我将

这份友情藏在每一页书里;)

快速前进啊,我的书! 我的小船啊,扬起你那白帆,横跨那些凶猛的

波涛,

高声唱着,不停地前进,在你们驶过那漫无边际的蓝色大海时,请把

我的这支歌带给每一片海洋,

这首歌,我要献给所有的水手们以及他们的所有船只。

1871   1871

幻　象①

我遇到了一个先知先觉者，

他对世上的诸般色相以及物体均有涉猎，

艺术同学问的领域，乐趣以及鉴别力，

目的就在于对事物的真象进行搜集。

写进你的诗歌中吧，他说，

不要再对迷惑人的时日，或是片断，部分进行描写，

那些引导众人的灯光以及入门之歌应被先写，

要将幻想纳入你的诗篇。

永远是朦胧的开端，

永远是成长，将整个圆圈完成，

永远是高峰以及最后的融合，（还必然会再次重新开始，）

是幻象！幻象！

----

① 惠特曼经常用"幻象"（Eidólons）这个字，他将这个希腊字译为"幽灵"（phantom）或是"形象"（image），比如他提到特洛伊海伦这个"形象"的时候，是指所有现象背后都是灵魂，是永远都不会改变的最终实体，而不是指这个有血有肉的女人。

永远都是多变的，

永远都是素材，变化、粉碎着，又重
新凝结为一体，

永远都是神圣的工厂，画家的工作
室，

对幻想进行着制造。

看啊，我或是你，

或是妇女，男子，或是国家，已知或
是未知的，

我们所建造的似乎都是扎实的财
富，力量以及美，

其实是在对幻象进行建造。

那转瞬即逝的物证，

艺术家的心情实质或是学者的长久苦
读，

或是战士、烈士、英雄的辛勤，

都是为了对他的幻象进行塑造。

每个人的生命，

（队伍早已召集，岗位早已分配，不会漏掉一个思想，感情和业绩，）

全体，大的或是小的都早已总结，早已合计，

都在它的幻象里。

那份迫切的古老而又古老的要求，

于古代的顶峰所立足的,看啊,又有了更新、更高的顶峰,

仍旧受科学以及现时代的推动,

那份迫切的古老而又古老的要求,事物的真象。

目前的此时此地,

美利坚的忙碌、富有、令人眩晕的复杂活动,

集合而又分散,只能自那里才能够解放出来,

今天的幻象。

这些同过去,

早已消失的国家,大海那面的全部王朝,

古代的那些征服者,战役,以及水手的远航,

也都参与进了幻象。

成长率,浓密度,外观,

层层山峦,土壤,岩石,以及巨人般的树木,

在远方出生,在远方死去,长期地留下了,活下去永恒的幻象。

着迷,兴奋,欣喜若狂,

肉眼能见的只不过是孕育着他们的母腹,

星球的倾向为塑造,塑造,再次塑造,

强大的大地幻象。

全部空间,全部时间,

(星星,巨大的恒星剧烈骚动,

　膨胀,崩裂,结束,起的作用是长期、短期的,)

所饱含的只不过是幻象。

那大量的无声物体，

江湖注入其中的浩瀚海洋，

数不清的，单独的自由性能，比如目力，

是真实的实体，是幻象。

这并不是世界，

也不是宇宙万物，只有它们才是宇宙万物，

是含义以及目的，永恒的生命之生命，

这些幻象，幻象。

将你的讲学超越，博学的教授啊，

将你的望远镜以及分光镜超越，敏锐的观察家啊，将一切数学都超

　　越了，

超越了医生的诊所以及解剖学，超越了化学师以及他的化学，

是实体的实体，是幻象。

没有固定，然而却又确实固定，

将会永远都如此，向来都如此，现在也如此，

将现在飞快引向无边无际的将来，

幻象，幻象，幻象。

先知以及诗人

将依旧存在，并将上升到更

高的阶段，

将会变成"现代"，"民主制"

的媒介，并替它们解释上帝以及

幻象。

还有我的灵魂啊，

欢乐，不断接受锻炼，意气风

发，

最终，你的渴望将得到充分

的满足，准备迎接，

你的伙伴，你的幻象。

你那永久的肉体，

那躲藏在你肉体中的肉体，

这成为你形体唯一的要旨，我的真我，

一个形象，那是幻象。

真正的诗歌并不在你的诗中，

没有特别的调子去唱，不是为了唱而去唱，

而是自整体而得出的结果，终于出现了并且在浮动，

一个滚圆而又饱满的幻象。

1876

1876

在美国各州旅行

我们开始在美国各州旅行,

(是的,受到这些歌曲的鼓动,开始走遍全球,

　从此驶往每个国家,每个海洋,)

我们愿向所有人学习,做所有人的老师,所有人的情侣。

我们曾观察过季节是怎样支配它们自己并且——成为过去,

并且还说过,为什么一个男人或是女人不能像季节那样繁忙,

发出一样多的光芒?

在每座城镇里面,我们都逗留片刻,

我们经过了加拿大东北部,密西西比大河谷,以及南方诸州,

我们依照平等的条款同每个州交换意见,

我们考验自己,并且邀请男女们前来听取,

我们对自己说道,记住,不用害怕,要坦率、公开地宣布肉体以及灵

　魂的存在,

稍留片刻便要前进,要详细,纯洁,适度,有吸引力,

这样,你们所发出的光便会像季节那样有所收获,

并且也许会像季节那样丰收。

1860　　　　　　　　　　　　　　　　　　　　1871

我沉着而又冷静

我沉着而又冷静,坦然地站立在大自然当中,

成为万物的主宰或是主妇,在缺乏理性的事物当中保持镇静,

同它们一样去吸取一切,同它们一样,被动地接受一切,沉默,

我发现自己的职业,贫困,声名狼藉,罪恶,弱点,都不像我所想象的
  那样重要,

我面朝着墨西哥海,或是置身于田纳西,曼纳哈塔,或是在遥远的北
  方或者内陆,

一个是河上人,林中人,或是当这个国家的一个农夫,或是去海边,
  大湖畔,加拿大,

不论我生活在哪里,啊,只要能够在意外时将自己的平衡保持,

能够同树木以及动物那样,镇静地面对黑夜,饥饿,风暴,耻笑,事故
  和挫折。

1860   1881

我听到美利坚在歌唱

我听到美利坚在歌唱，我听到各种不同的欢歌，

机器匠在歌唱，每个人都在按照自己的心情歌唱，快乐并而健壮，

木工在裁量自己的木板或是横梁时唱着自己的歌，

瓦工在准备上工或是歇工时唱着自己的歌，

船夫唱着自己船上的一切，舱面上的水手在轮船甲板上歌唱，

鞋匠坐在自己的板凳上歌唱，帽匠在站着歌唱，

伐木工人、农家子在早晨出工、中午休息、太阳西下的时候歌唱，

母亲那甜润的歌声，年轻的妻子在工作时、少女在缝补或是浆洗
    时的歌声，

每人都在唱着属于他或是她个人而并不是属于旁人的歌曲，

白天唱白天的事——晚上则是成群的健康而又友善的小伙子，

放开喉咙唱着他们那有力而又优美的歌曲。

1860   1867

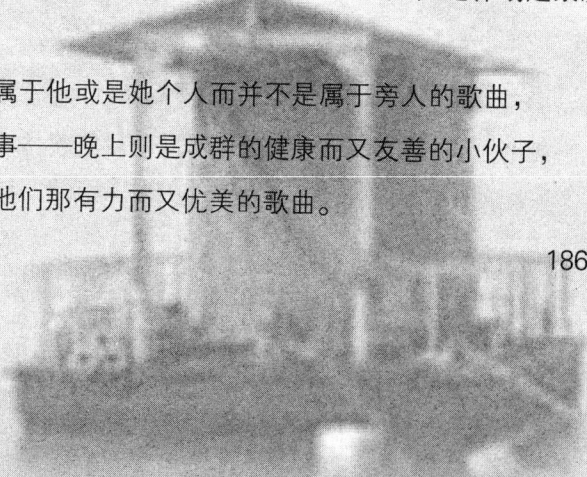

14

未来诗人

未来诗人啊！未来的演说家，音乐家，歌唱家啊！

今天请不必替我申辩，并且解答，我是抱着什么样的目的，

但你们这健壮的，土生土长，属于大陆的新一代，是空前伟大的，

醒过来吧！你们必须替我申辩。

我只为未来写下了一两个略微有所指的词句，

我的前进仅维持了片刻，立马我便转身，再次回到了黑暗当中。

我是这样一个人，漫步朝前，却并没有完全停驻，偶然朝你们注目随
　　即便转过脸去，

等待你们来进行证实与说明，

指望自你们的身上获取最为主要的东西。

1860

1860

自己之歌

一

我赞美自己,歌唱自己,

我所承担的你也将会承担,

因为属于我的每个原子也同样会属于你。

我闲步,同时还邀请了自己的灵魂,

我俯身悠然对一片夏日的草叶进行着观察。

我的舌,血液的每个原子,都是形成自这片土壤、这个空气,

我是由生在这里的父母所生下的,父母的父母也生自这里,

他们的父母也是同样,

我,目前三十七岁①,自开始身体便十分健康,

希望永不终止,一直到死。

信条以及学派姑且不论,

① 这首诗发表的时候惠特曼是三十六岁,这一段在当时没有,是
次年增补的。

且后退一步，将它们当前的情况明了已足，但也绝对不是忘记，

不管我从善还是从恶，我都允许随意地发表意见，

顺其自然，保持最原始的活力。

二

室内、屋里都充满了芳香，甚至书架上都挤满了，

我自己将香味呼吸了进去，认识也喜欢了它，

它的精华也会令我醉倒，但我不允许这样。

大气不是芳香，它没有香料的味道，是无味的，

它永远都同我的呼吸相适宜，我对它非常热爱，

我要前往林畔的河岸那里，脱掉伪装，赤条条地，

我非常狂热地要它同我接触①。

我自己所呼吸的烟雾，

回声、浪声、窃窃私语、爱根草、丝线②、枝丫以及藤蔓，

我的呼与吸，我心脏的跳动，通过我肺部所畅流的血液以及空气，

嗅到绿叶与枯叶、海岸与黑色的海边岩石以及谷仓里的干草，

我喉咙间进出词句的声音飘散到风的旋涡里面，

几次轻吻和拥抱，伸出两臂想要将什么搂住，

树枝的柔条摆动时光以及影在树上的游戏，

独居，或是在闹市以及沿着田地和山坡一带所感受到的乐趣，

健康之感，正午时分的颤音，我自床上起来对太阳进行迎接时所唱

---

① 这两节对自书本当中得到的经验与自大自然当中得到的经验
进行了比较。

② 爱根草和丝线全是植物的名称。

的歌。

你觉得一千英亩已经很多了吗？你觉得地球已经很大了吗？

为了学会读书你已经练习很久了吗？

因为你想要努力明白诗歌的含意便感到特别自豪吗？

今天以及今晚请同我在一起，你将清楚全部诗歌的来源，

你将占有大地以及太阳的好处，(除此之外还有千百万个太阳，)①

你将不再会第二手、三手地接受事物，也不再会借死人之眼观察，或

　是自书本中的幽灵那里去汲取营养，

你也不会借用我的眼睛进行观察，不会通过我去接受事物，

你将对各个方面进行听取，由你自己将一切过滤。

三

我曾经听过健谈者在谈话，对始与终进行谈论，

但我却并不谈论始与终。

同现在一样，过去也从来都未曾有过任何开始，

同现在一样，也无所谓青年或是老年，

同现在一样，也绝对不会有什么十全十美，

同现在一样，也不会有天堂或是地狱。

冲动，冲动，冲动，

永远都是世界繁殖力的冲动。

自昏暗中出现的相反而相等的东西在前进，永远都是物质以及增

---

　① 这是一种在当时非常先进的天文学说。在这里用来形容天体之多和宇宙之广。

殖，

永远都是性的活动，

永远都是同一性的牢结,永远都有区别,永远都是生命的繁殖。

多说无益,无论有学问还是无学问的人都是这样感觉的。

肯定便十分肯定,垂直便绝对笔直,扣得很紧,梁木之间要对榫①,

同骏马那样健壮,多情、傲慢,并且带有电力,

我同这一神秘事实便在此地站立。

我的灵魂清澈而又香甜, 不属于我灵魂的所有一切也都是清澈
    而又香甜的。

缺其一则两者俱缺,看不见的由看得见的来进行证实,

那看得见的成了看不见时,也同样会得到证实。

指出最好的并同最坏的分开,是这一代为下一代所带来的烦恼,

认识到了事物的完全吻合以及平衡,他们在谈论的时候我却保持着
    沉默,我走过去洗个澡并且欣赏我自己。

我欢迎自己的每个器官以及特性, 也欢迎任何热情而又洁净的
    人——他的器官以及特性,

没有一寸或是

一寸中的一分一厘

邪恶,也不应有什么

————————————

① "扣紧"与"对榫"全都是木工用语,少年时的惠特曼曾跟从他的
父亲做过木工。

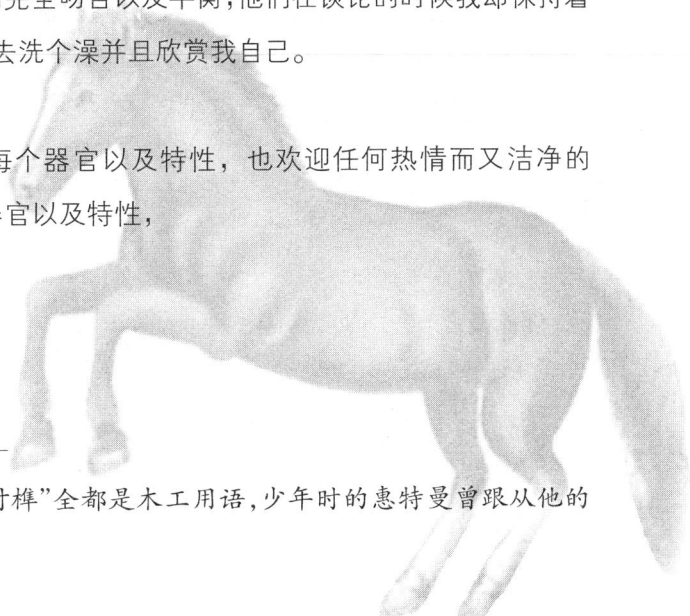

东西不如其余的那样熟悉。

我非常满足——我能够看得见,跳舞,笑,唱;

彻夜睡在我的身旁,拥抱我、热爱我的同床者,天蒙蒙亮时便悄悄走
　　了,

只给我留下了几个表面上盖着白毛巾的篮子, 它们的丰盛令屋子
　　都显得宽敞了,

难道我应迟迟不去接受、不去觉悟而是冲着自己的眼睛发火,

让它们回过头来不允许它们朝着大路上东张西望,

并且立刻要求为我计算,不差一分钱地指出,

一件东西与两件东西的确切价值中,哪个处于前列?

四

过路的以及问话的人们将我包围了,

我遇到些什么人,早年的生活,住在什么地区,什么城市或是国家对
　　于我的影响,

最近的一些重要日期、发现、发明、社会、新老作家,

我的伙食、服装、容貌、交游、向谁表示敬意和义务,

我所爱的某个男子或是女子是否真的对我冷淡或只不过是我的想
　　象,

家人或是我自己得病,助长了歪风,失去或是缺少银钱,灰心丧志或
　　是得意忘形,

交锋,兄弟之间发动战争的恐怖,由于消息可疑而引发的不安,

时或发生而又没有规律可循的事件,

所有这些都不分昼夜地降临到我头上,又离我而去,

不过这些都并不是那个"我"自己。

即便受到拉扯,我仍旧作为自己而站立,

感到有趣,怜悯,自满,无所事事,单一,

往下看,直立,或是屈臂搭在一个无形而又可靠的臂托上面,

头转向一边望着,好奇,不知道下桩事会是什么,

同时还置身于局内以及局外,进行着观望和猜测。

回首当年我是如何同语言学家以及雄辩家流着汗在浓雾里度过的,

我既不嘲笑也不争辩,只是在一边观看并且等候着。

五

我对你表示相信,我的灵魂,那另外一个我①却决不能向你低头,

你也决不能向他低头。

请跟我在草上悠闲地漫步吧,将你喉头的堵塞松开,

我所要的不是词句、音乐或是韵脚,不是惯例或是演讲,甚至于连
　最好的都不要,

我所喜欢的只不过是短时期内的安静,你那有所节制的声音的低
　吟。

我还记得我们是如何曾在这样一个明亮的夏季早晨睡在一起的,

你是如何将头横在我的臀部,轻柔地翻转到我身上的,

又自我胸口解开衬衣,将你的舌头直探入我赤裸的心脏,

直到你摸着我的胡须,直到你将我的双脚抱住。

超越人间全部雄辩的安宁以及认识立刻自我四周升起并且扩散,

---

① 指肉体。

我清楚上帝的手便是我自己的许诺,

我清楚上帝的精神便是我自己的兄弟,

世间所有男子都是我的兄弟,所有女子都是我的姊妹以及情侣,

造化用来将龙骨加固的木料便是爱,

田野里直立或是低头的叶子无穷无尽,

叶下的洞孔里面是褐色的蚂蚁,

还有那曲栏上苔藓的斑痕,接骨木,乱石堆,毛蕊花以及牛蒡草。

六

一个孩子问道:"这种草是什么?"他两手满满地捧着它递到我面前;

我哪能回答孩子呢? 我同他一样,并不清楚。

我猜它肯定是我性格的旗帜,是由充满希望的绿色物质织成。

我猜它或是上帝的手帕,

是上帝有意抛下的一件带着香味的礼物和纪念品,

物主的名字被附到了四个角上,是为了让我们看见并且注意到,

说:"这是谁的?"

我猜想这草本身便是个孩子,是个植物界所生下的婴儿。

我猜它或许是一种统一的象形文字,

它的含义是,在宽广的或是狭窄的地带都可以长出新叶,

在黑人或是白人中同样能够成长,

凯纳克人,国会议员,特卡荷人,贫苦人,我给他们同样的东西,对他
  们进行同样的对待。

现在,它又似乎是墓地里那从未修剪过的秀发。

我会温柔地对待你,弯弯的青草,

也许你吐自青年人的胸中,

也许假如我认识他们的话便会热爱他们,

也许你来自老人那里,或是来自那即将离开母怀的后代,

这里你便是母亲们的怀抱。

这枝草非常乌黑,不可能是来自年老母亲们的白头.

它要黑于老年人的五色胡须,

黑得简直不像来自于口腔的浅红色的上腭。

啊,我终于见到了那么多的说着话的舌头,

并且看到了它们不是没有原因自口腔的上腭出现的。

我非常希望能够翻译出那些同已死的青年男女们有关的隐晦的提

　示,

以及那些同老人、母亲以及即将离开母怀的后代们有关的提示。

你想这些青年以及老人们后来如何了?

你想这些妇女以及孩子们后来如何了?

在某个地方,他们还活着并且活得很好,

那个最小的幼芽说明其实世界上并没有死亡,

即使是有,也会导致生命,不会等到最后才将它扼死,

而且生命一旦出现,死亡便会终止。

一切都在向前向外发展,无所谓溃灭,

不像人们所想象的那样,死亡没有那么不幸。

七

有人认为出生是一种幸运吗?
让我立刻告诉他或是她:死去也同样幸运,并且我知道。

我同垂危者经历了死亡,同新生儿经历了新生,不仅局限于我的鞋
  帽间,
我仔细观察了很多种事物,没有哪两者是相同的,每种都非常好。大
  地是美好的,星星也是美好的,附属于它们的全部都是美好的。

我既不是大地,也不是它的附属物,
而是人们的共事者以及同伴,一切都同我自己一样不死并且深不可
  测,
(他们不清楚怎样才会不死,但我清楚。)
每一物类都是为了它自己以及本类,属于我的男性以及女性是为
  了我,
同样为了我的还有那些曾是少年并且热爱女人的人们,
除此之外还有那自尊心很强的男子,他感觉到受怠慢时像针刺
  样的疼痛,
为我的有心爱的女友以及那位老处女,有母亲们以及母亲们的母亲
  们,
为我的有那些微笑过的嘴唇,以及流过泪的眼睛,
为我的有孩子们以及生育孩子的人们。

将披盖揭去吧!你对于我来说是无罪的,不陈旧,也没有被抛弃。
我能透过平纹布与方格布来分辨究竟,

而且我永远在现场，固执，渴求收获而又不知疲倦，无法撵走我。

八

小宝贝在摇篮里面睡着，

我揭开纱帐看了非常久，用手将苍蝇轻轻地赶走了。

小青年与脸色绯红的少女转过身走上了有很多灌木丛的山冈，

我站在对他们进行端详。

自杀者在卧室里那血淋淋的地板上趴着，

我目睹了尸体以及它那黏湿的头发，注意到了手枪落在了什么地方。

人行道上面的胡乱嚼舌，车辆的轮胎，靴子底上的污泥，散步者所讲的话，

笨重的马车，车夫以及他那举着朝人问话的大拇指，马蹄在花岗石上行走的嘚嘚声，

雪车的叮当声，大声地说笑，雪球来回地投掷，

对于群众喜爱的节目所发出的喝彩声，

被激怒的暴徒们的吼叫声，

担架上面帘子的拍打声，

里面所抬的是个前往医院的病人，

狭路相逢，突然发出的咒骂声，殴打以及跌倒，

激动了的人群，佩戴着星章的警察快速挤入了人堆的中间，

冷漠的顽石来回将许多回声都接送了，

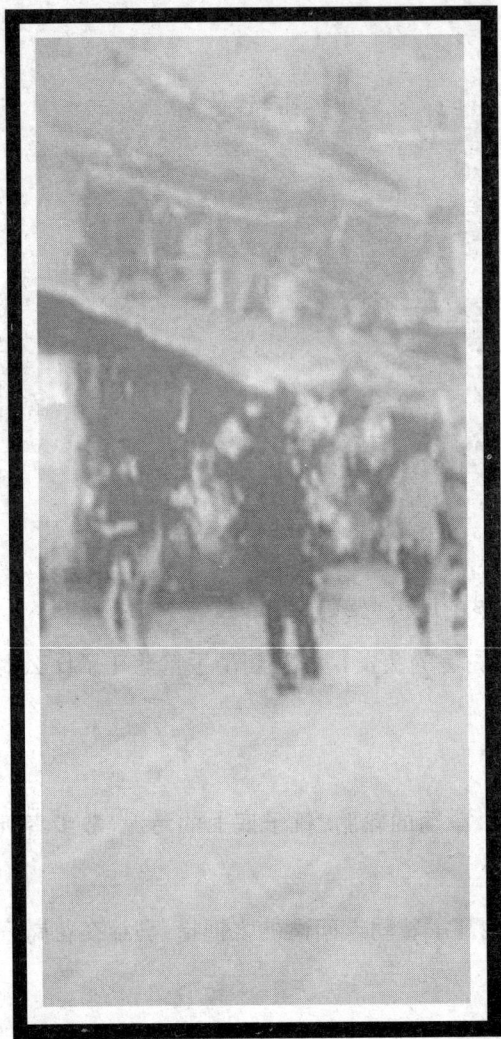

有多少中暑跌倒或是晕倒的过饱或是半饱者发出了呻吟声，

有多少妇女在突感阵痛的时候呼叫起来，急忙回家去分娩，

何等活跃和已经被埋葬的言谈还于这里颤动，何等的号叫声被礼教所节制，

罪犯被捕，受怠慢，勾引人们去通奸，接受建议，用撅起来的嘴唇表示拒绝，

我注意到这些或是它们的表现或是它们的余震——我来过后又走了。

九

乡里面谷仓的大门已经敞开并做好了准备，
收获时的干草被装上了缓缓前进的大车。
灰褐和绿色之间，明亮的光在交相辉映，
手抱的干草堆被放在了下陷的干草垛上面。

我在那里，在帮忙，我伸脚躺到了草堆上，
我感觉到轻微的颠簸，一条腿放到另一条腿上，

我自横木上跳了下来，揪住了苜蓿与猫尾草，
又打了一个滚，我的头发里面插满了干草。

十

我独自于荒山野林里打猎，
四处遨游，对于自己的轻松和欢快感到惊讶，
黄昏的时候寻找一个安全的地方过夜，
点燃一把火，烧烤着刚打来的野味，
我在拾来的树叶上面睡着了，我的狗与枪在我身旁。

那个扬基式的快艇上面挂着三层帆篷，它将闪光以及风吹散的
　　浪花都吹破了，
我的眼望着陆地，自船头弯下了腰，或在甲板上高声欢呼。
船夫们与挖蛤蜊的都起得很早，路过的时候将我约上，
我将裤腿塞到了靴筒里面，跟着去玩了个痛快；
那天你也应该同我们一起，围坐于鱼杂烩的火锅旁边。

在那遥远的西部,我见捕兽人在露天举行婚礼,那个新娘是红种人,

她父亲以及朋友们在一旁盘腿而坐,不出声地抽着烟,他们的脚上

　穿的是鹿皮鞋,肩上披的是宽大而又厚重的毛毡,

那捕兽人安闲地坐在岸上,穿的差不多全是皮块,浓重的胡子以及

　鬈发将他的颈脖护住,他用手拉着自己的新娘,

她睫毛很长,头上没有任何遮盖,粗直的长发垂落到了丰腴的四肢

　上面,一直挂到了她脚的旁边。

一个逃亡的黑奴来到了我家并站在了外面,

我听见了他的响动,他将木柴堆上的细树枝都折断了,

自厨房的半开的门里,我看得出他四肢绵软无力,

我走到他所坐的木料上的地方,将他引进屋内,让他放心,

又替他倒了满满一盆水,让他将身上的汗渍以及带伤的两脚洗一

　下,

还给了他一间要经过我自己房间才能到达的屋子和几件干净的

　粗布衣服,

我还清楚地记得他那转动着的眼珠以及局促不安的神态,

还记得将药膏涂抹到了他的颈部以及脚踝上的伤口上面;

他在我家住了有一个星期,恢复了健康,便继续北上,

进食的时候我让他坐在我的身旁,墙角里面倚着我的火枪。

十一

岸边,二十八个青年人在洗澡①,

这二十八个青年每个都特别友好,

并且二十八年的女性生活又都很寂寞。

---

① 恒星月便是二十八天,在这里作者写的是寂寞以及情欲。

岸边高处的那所精舍属于她，
她美丽，衣着华贵，藏在窗帘的背后。

她最喜欢这些青年中的哪一个？
啊，她认为其中最丑的那个很美。

小姐，你打算去哪里去？我能够看见你，
你一边在水里溅得水花四起，又一边待在自己屋里纹丝不动。

第二十九个来洗澡的人跳跃着、欢笑着自海滩而来，
其他的人无法看到她，但她却看到了他们并且喜爱上了他们。

水花在青年们的胡须上面闪烁着，水珠自他们的长发上面
　滚了下来，
小小溪流将他们的全身淋遍。

　　　　　　　　　　一只看不见的手将他们的全身摸遍，
　　　　　　　　　　颤抖着沿着额边以及肋骨而下。

青年们仰着漂在水上，白肚皮鼓鼓地向着太阳，

也不问是谁紧紧地将他们一把拉住，

他们不清楚是谁在低头弯腰微微喘气，

也没有去想是谁被水花溅湿了。

十二

屠夫的小伙计将他的屠宰服脱了下来，或是在市场的肉案前面
　磨刀霍霍，

我留在那里对他的对答敏捷以及舞蹈动作进行欣赏。

胸部污垢斑斑而又多毛发的铁匠们围在铁砧四周，

一个个使出全部力气在抢着大锤，炉火烧到了高温。

我在满是煤渣的门口在对他们的动作进行着观察，

他们那特别柔韧的腰以及粗壮的双臂特别协调，

他们举手过肩地将大锤抢了起来，慢且稳，

他们不慌不忙，每个人都在自己的地方将铁锤落下。

十三

黑人紧紧将四匹马的缰索握住了，拴到了链上的木块在下面摇晃，

那个赶着石厂里面那辆大车的黑人，稳又高大，一条腿牢牢地踏
　在了横木板上，

他的蓝衬衫露出了他那粗壮的脖子以及胸脯，又于腰际松开，

他的目光宁静而又威严，一手便将低垂在前额的帽子推开了，

阳光落在了他那卷曲的头发以及胡子上，落在了他那光滑健美的

四肢的黑皮肤上。

我看到了这个很是好看的巨人，并且爱上了他，还不只如此，
我还与车马同路而行。

无论在哪里行动，不管是后退还是转身向前，我热爱着生活，
对于偏僻的角落以及小青年我都愿意低头，不肯错过一人一物，
我令自己吸收着一切，也是为了写这首诗。

摆动着的轭，或是在树荫下停下的牛群，你们的眼里在表达些什么
　　呢？
似乎比我平生读过的书还要丰富。
在我前往远处的全天漫步当中，我的脚步将一群野鸭惊动了，
它们同时起飞，缓慢地盘旋于空中。

我相信这些有着明确目标的翅膀，
承认游戏于我的胸中的红色、黄色和白色，
认为绿色、紫色以及羽毛冠都各自有着深意，
也不会因为龟是龟而说它没有任何价值，
林中的松鸦从来都没有学过音律，不过我认为它的鸣啭声还是非常
　　好听，
那栗色的母马投来的一瞥令我羞愧地自愚昧中惊觉过来。

十四

野鹅带领着鹅群飞过那寒冷的夜空，

他说，"呀——哼——"传过来的声音就像是在对我发出邀请，

自作聪明的人可能会认为它没有任何意义，不过我仔细倾听，

找出了它的用意以及它在寒空中的地位。

门槛上的猫，北方的陕蹄鹿，山雀，草原犬鼠，

喝着奶、在咕哝着的母猪身边的小猪群，

火鸡的幼雏以及半张着翅膀的母火鸡，

在它们以及自己身上，我看到了一个共同的古老法则。

我的脚在一踏上大地便跳出了一百种温情柔意，

它们对我为描述它们所作出的最大努力表示蔑视。

我对在户外成长表示迷恋，

那些生活于牛马当中的，尝到海洋或是树林滋味的人，

造船以及驾驶船只的人，挥动着铁斧以及大槌的人，和赶马的人，

我能够连续好几个星期与他们共同吃睡。

最平凡，最低贱，最近，最简单的是"我"，

我在寻找机会，为了那巨大的收获而付出了代价，

我装饰自己，将自己交托给首个愿意接受我的人，

不求上天下来对我的诚意进行俯就，

而是永远无偿地将它散布于四处。

十五

嗓音圆润的女中音在风琴旁歌唱，

木匠在修整着他的厚木板，刨子的铁舌所发出的嘶叫声是疯狂上升
  的，

已婚以及未婚的孩子们回到家去赴感恩节的筵席，

舵手握紧主舵柄,用他那粗壮的手臂向下面推送,

大副心无旁骛地站在捕鲸船的上面,将矛和渔叉都已准备好,

打鸭子的悄悄而又谨慎地走了一程接着一程,

圣坛前面,教会的执事们交叉着两手在接受圣职,

纺纱女子随着大纺轮的鸣响声而进退,

农夫在星期日里漫步对燕麦以及裸麦进行查看时暂停在栅栏那里,

疯子的病已经得到了确诊,最终被送进了疯人病院,

(他不会再次在母亲卧室里面的小榻上入睡了;)

下颌瘦削、头发灰白的排字工人工作在活字盘旁,

他咀嚼着烟叶,用蒙眬的双眼望着稿样;

畸形的肢体被绑到外科医生的手术台上,

那被割掉的部分丢落到了桶里,好不吓人;

拍卖场上,黑白混血的女孩被出卖,酒吧间的火炉旁,醉汉在打瞌
    睡,

机械工将袖子卷起,值班的警察在进行巡逻,看门的盯着进出的行
    人,

小伙子在赶着快车,(虽然我不认识他,但是我爱他;)

混血儿将他的跑鞋系了起来,准备参加赛跑,

老人和青年们为西部射火鸡的活动所吸引,有的倚着枪,有的坐到
    了木料上,

射击手自人堆里面走了出来,站好了位置,举枪瞄准;

刚到的一群群的移民将码头或是大堤都站满了,

鬈发的人在甜菜田里面锄地,监工的在马鞍上对他们进行着监视,

舞厅里面的喇叭响了,男的跑过去寻找他们的舞伴,跳舞的彼此
    朝对方鞠了一躬,

青年人睁着眼睛躺在松木顶的阁楼上面,听着那音乐般的雨声,

陷阱被密歇根人布在了注入休伦湖的小河湾那里,

裹着黄色镶边布围子的那些印第安妇女在兜售鹿皮便鞋以及珠子
　串成的钱包,

鉴赏家们沿着展览厅的长廊在仔细进行观看,他们半闭着眼,哈着
　腰,

水手们则拴牢了轮船,将一块厚实的木板为上岸的乘客们搭了起
　来,

妹妹伸手将一束线撑开,姐姐将它绕成团,不时停下来将疙瘩解开,

结婚仅一年的妻子在恢复体力,因为在一周前生了头胎而感觉幸
　福,

头发干净的扬基女孩操作着缝衣机,或者在工厂还是车间里面干
　活,

筑路工人倚着自己那柄双把木槌,而新闻记者的铅笔则在顺着笔记
　本飞驰,画招牌的人在用蓝金双色对字母进行着涂写,

运河上的少年踏着步在拉着纤索走,会计员在桌子旁坐着算账,鞋
　匠在为他的麻线打蜡,

指挥在为军乐队打着拍子,全部演奏员都跟随着他,

孩子接受了洗礼,新进教的人正在宣讲自己的初步心得,

比赛的船只满布海湾,比赛已经开始,(白帆上的金光闪闪发亮!)

赶牲口的在看守着自己的牲口,哪几只走散他便张口吆喝,

小贩的背上扛着包,身上流着汗,(买东西的人在对那一分钱的零头
　斤斤计较;)

新娘抹平了自己的白色礼服,时钟的分针在慢吞吞地移动,

吸鸦片的人的头僵直着,微张着口,斜躺着,

妓女们胡乱地披着围巾,她的软帽颤悠在她那醉醺醺且又长满小瘰
　疬的颈脖上,

众人对她的下流咒骂进行嘲笑,男人们也嗤笑她,还互相挤眉弄眼,

(可耻!我绝对不会笑话你的咒骂,也不会对你进行嗤笑;)

总统在召开内阁会议,他的身边是那些部长大人们,

广场上有三个庄严而又友好的中年妇人彼此挽着臂膀在走路,

一群小渔船上面的捕鱼人在船舱里面一层层地铺放着比目鱼,

那个密苏里人跨越了平原,携带着自己的货物以及牛羊,

收票员走过车厢里的时候,让手里的零钱发出响动来吸引注意,

地板工人正在铺地板,钳铁工人正在盖屋顶,泥水匠正在吆喝着要
　　灰泥,

工人们都各自肩扛着灰桶鱼贯而行,

岁月如梭,难以形容的拥挤人群已经集合起来,这是七月的四日,

(听那礼炮以及轻武器的鸣响声!)

岁月如梭,耕田的在耕田,割草的在割草,冬天的种子落到了土地里
　　面;

在大湖的那边,捕捉梭鱼的人守候在冰洞旁边,

新开辟的土地上面到处都是密布的树桩,开地的用斧子大力地砍伐
　　着,

临近黄昏的时候,平底船的船夫们将船在那些白杨或是胡桃树
　　的附近拴住了,

寻捕浣熊的人走遍了红河地区或是阿肯色河地区或是那些被田纳
　　西河所汲干的地方,

在恰塔胡支或是阿尔塔马哈,四周的黑暗当中照亮着火炬,

长辈们坐在那里用晚餐,儿子、孙子以及曾孙们陪在他们身边,

在土坯墙内,篷帐下,经过一天的追逐之后,猎户们以及捕兽者都在
　　休息,

城市入睡了,乡村入睡了,

活着的,该睡的时候睡了,死了的,该睡的时候睡了,

年老的丈夫睡在妻子身旁,年轻的丈夫也睡在妻子身旁;

这些全部内向进入了我的心,而我则是外向脸朝向它们,

按照目前的光景，我争取多少同它们一样，

我为了其中的每个以及全体在编织着这首自己的歌。

十六

我年老而又年轻，愚昧无知而又大贤大智，

不关心别人，却又永远在关心着别人，

是慈母也是严父，是孩子也是成人，

塞得满是粗糙的东西，又塞得满是精致的东西，

是由许多民族所组成的民族中的一分子，最小的与最大的全都是一
　　样的，

是北方人的同时也是南方人，是一个漫不经心且又好客的种地人，

居住于奥柯尼河畔，

是个准备照着自己的方向行商的扬基人，有着世界上最柔软也最坚
　　硬的关节，

是个腿上裹着鹿皮绑腿行走于艾尔克洪河谷的肯塔基人，是路易斯
　　安那人或是佐治亚人，

一个航行在湖上，海湾或是沿海的船夫，一个"乡巴佬"，

"七叶树"，"钻地獾"①；

习惯于脚穿加拿大雪鞋或是在丛林地带活动或是同纽芬兰附近的
　　渔夫们在一起待着，

习惯于在一队冰船里面同其他人共同航行，随风势去转换方向，

习惯于在位于佛蒙特的丘陵地带或是在缅因的树林里面或是在得克
　　萨斯的牧场上，

都是加利福尼亚人的朋友，自由自在的西北人的朋友，(热爱他们魁
　　梧的体格，)

撑筏人以及运煤工的朋友，所有共进酒肉、握手言欢的人们的朋友，

最为质朴的人的学生，最有头脑的人的导师，

一个初学步的学习者，又是个历经了无数个寒暑的行家，

我隶属于各类不同色彩以及不同等级，各种级别以及宗教，

是个庄稼汉、技工、绅士、艺术家、水手、贵格会②教徒，

拉客者、囚犯、鲁莽汉、医师、律师、牧师。

我抵制那些可能会将我自己压倒的多样性的一切，

吸进空气，不过还为人们留下许多，

我并不自负，而是将自己的位置占着。

---

① 这些分别是印第安纳人、俄亥俄人以及威斯康星人的绰号。
② 基督教的一个教派，"公谊会"的别称。

（飞蛾以及鱼子安于自己的位置，

我看得清的明亮星球以及我看不清的昏暗星球占着它们的位置，

可捉摸的占着它的位置，无法捉摸的占着它的位置。）

十七

这些其实是每个时代、每个地区、全部人们的思想，并不是我的独
　　创，

如果只是我的思想而不是你的，那便没有任何意义，或是等同于没
　　有任何意义。

如果不是谜语也不是谜底，它们也便将会没有任何意义，

如果它们不是既近又远，也便毫无意义。

这便是在有土有水的地方所长出来的青草，

这便是沐浴着全球的共同空气。

十八

让雄壮的音乐伴随我前来，响着的是我的号与鼓，

我不仅为公认的胜利者演奏进行曲，也为战败以及被杀者演奏。

你曾听说过大获全胜是好事，是吗？

我说溃败也同样是好事，战役的失利以及胜利出自同一种精神。

我替死者击鼓奏乐，

我用管乐器的吹口为他们吹奏最为响亮欢畅的管乐。

万岁,失败的人们!

战舰在海里沉没的人们万岁!

自己也同样在海里沉没的人们万岁!

在战役中失利的所有将军们以及被征服的英雄们万岁!

无数的无名英雄以及最伟大的知名英雄绝对是完全平等!

十九

这顿饭分配得很平均,这些肉是为饥饿的人们准备的,

不仅是为正直的人,也是为恶毒的人,我同所有的人都订下了约会,

我决不会让任何一个人受到怠慢或是被遗漏,

在此,我特别邀请了那被人供养的女人,白吃饭者,以及窃贼,

那个厚嘴唇的奴隶和性病患者都受到了邀请;

他们将同其他人之间毫无区分。

这是—只害羞的手在进行按捺,这是头发在散发着香味,在飘动,

这是我的嘴唇同你的相触,这是充满了爱慕的低语,

这种非常遥远的深度以及高度将我自己的

　　面庞映了出来,

这是深思之后我自己的化

入以及再输出。

你猜我有什么复杂目的吗？
是，有的，因为四月里的阵雨是有目的的，岩石旁的云母也有。

你觉得我有意令人惊奇吗？
日光令人惊奇吗？红翼鸟一早就在树林里面鸣啭又会怎样？
我比它们格外令人惊奇吗？

此刻我说出了一些知心话，
我并不一定对每个人都说，但我要对你说。

二十

谁在那里来回走动？如饥如渴，神秘，粗野，而又赤身裸体；
为什么我能够自我所吃的牛肉当中摄取力量？

人到底是什么东西？我是什么东西？你是什么东西？

一切我标明属于我自己，你就该用你自己的来把它抵消，
否则听信了我便是浪费时间。

我不会同有些人那样四处抽鼻子，
感觉岁月空虚，地上仅有污泥以及粪垢。

啜泣以及献媚同药粉包在一起是用来给病人吃的，恪守陈规只适用
　于非常远的远亲，
我是否戴着帽子出进，全靠我自己情愿。

我为什么祈祷？我为什么虔诚而又恭敬？

对各个层次进行了探索，分析到了最后的一根毛发，向医生们进行
　　请教，
计算得不差毫厘，
我发现仅有贴在自己筋骨上的脂肪才最香甜。

在全部人身上我能够看到自己，不多也不少，
我所讲到的自己的好坏，也都是指他们所说的。

我知道自己结实而又健康，
宇宙间自四处汇集拢来的事物，都在不断朝我流过来，
全部都是写给我看的，我必须要理解它们的含义。

我清楚自己是不死的，
我清楚自己所遵循的轨道是不能为木匠的圆规所包含的，
我清楚自己不会像一个孩子自夜间所点燃的一支火棍画出的花体
　　字那样转瞬即逝。

我清楚自己是庄严的，
我不去耗费精神替自己申辩，或是求得人们的理解，
我清楚基本规律是不需申辩的，
（我估计自己的行为实在不比盖自己那所房子的时候所用的水平仪
　　更高傲。）

我就按照自己这样存在足矣，

假如世上没有其他人意识到此，我不会有异议，

假如每个人都意识到了，我也不会有异议。

有一个世界意识到了，并且对我来说也最博大，那便是我自己，

不管我今天是否能够得到应得的报酬，还是需要再等万年或是千万

年，

现在我便能够愉快地将一切接受，也能够同样愉快地继续等候。

我的立足点便是同花岗石接榫的，

我嗤笑你那所谓的消亡，

我清楚时间有多宽广。

二十一

我既是肉体的诗人还是灵魂的诗人，

我既占有天堂的愉快还占有地狱的痛苦，

前者我将它嫁接到自己身上令它增殖，后者我将它翻译成为一种新

的语言。

我既是男子也是妇女的诗人，

我这是说作为妇女以及男子都同样伟大，

我这是说再没有谁比人们的母亲更伟大。

我歌颂"扩张"或是"骄傲"，

我们早已低头求免得够了，

我这是在说明体积也只是发展的结果。

你早已远远超越了其他的人吗？你是总统吗？

这些微不足道,每个人都会越过此点继续前进。

我是那同温柔而渐渐昏暗的黑夜共同行走的人,

我向那被黑夜掌握着一半的大地以及海洋呼唤。

请紧紧靠拢,将胸脯袒露的夜啊——请紧紧靠拢吧,富于力以及营
　　养的黑夜!

南风的夜——带着巨大疏星的夜!

寂静而又打着瞌睡的夜——疯狂而又赤身裸体的夏夜啊。

啊! 微笑吧,妖娆而又气息清凉的大地!

生长着饱含液汁而又沉睡着的树木的大地!

夕阳已经西落的大地——被雾气覆盖了山巅的大地!

满月的晶体稍带蓝色的大地!

河内的潮水掩映着光照黑暗的大地!

为我而更加明澈的灰云笼罩着的大地!

遥远的高山连着平原的大地——开满苹果花的大地!

请微笑吧,你的情人到了。

浪子,你给了我爱情——所以我也给你爱情!

啊,无法言传的、炽热的爱情。

二十二

大海啊! 我已将自己托付给了你——我猜透了你的心意,

在海滩边,我看到了你那屈着发出邀请的手指,

我确信你没有抚摸到我是不会回去的,

我们必须在一起进行一次周旋,我脱下了衣服,急急地远离了陆地。

请用软垫托着我,请于昏昏欲睡的波浪里面摇撼我,

将多情的海水泼到我的身上吧,我能够报答你。

有着无边无际巨浪的大海,

呼吸宽广而又紧张吐纳的大海,

大海为生命的盐水,也是不待挖掘便随时可用的坟坑。

风暴的吹鼓手以及舀取者,任性且又轻盈的大海,

我为你的组成部分,我也同样:既是一个又是全部方面。

我分享你潮汐的涨落,对仇恨以及和解,

情谊以及那些彼此睡在对方怀抱里的人们进行赞扬。

我是那个同情心的见证者,

（我是否应该将房屋里的东西列出一个清单却单单将维持这一切的

　房屋漏去呢？）

我不单是"善"的诗人,也从来都不拒绝去做"恶"的诗人。

有关美德以及罪恶的这种能够脱口而出的空谈是怎样一回事呢?

邪恶和改正邪恶都在推动着我,我不偏不倚,

我的步法表明自己既不挑剔也不否定什么,

我将所有已经成长起来的根芽湿润着。

你是害怕长期怀孕的时候得淋巴结核症吗?

你是否在对神圣的法则还要重新研究并且修订进行怀疑?

我发现一面是某种平衡,同它对立的一面也是某种平衡,

软性的以及稳定的教义都肯定有益,

当前的思想以及行动能够令我们奋起并且及早起步。

经历了过去的亿万时刻而来到我当前的此时此刻，

没有比它和当前更为完美的了。

过去行得正或是今天行得正都不是什么奇迹，

永远永远令人惊奇的是天下竟然会有小人或是不信仰宗教者。

二十三

历代所留下的词句都不断展现在眼前！

我的是"全体"这个现代词。

这个词所标志着的是坚定不移的信仰，

此时或是今后对于我都是一样的，我会无条件地接受"时间"。

仅有它无懈可击，仅有它能够圆满地完成一切，

仅有那神秘而又令人困惑的奇迹才能够完成一切。

我接受"现实"，却不敢对它提出异议，

唯物主义贯彻始终。

为了实证的科学欢呼！精准的论证万岁！

将掺和着杉木以及丁香枝的景天草①取过来吧，

这是辞典的编纂者，这是化学师，这个人编写出了一部有关于古文

---

① 景天草是一种耐寒植物，在民间常被用来愈合伤口。杉木经常同墓地联系到一起。惠特曼在吊林肯的挽歌当中，用丁香来象征爱情以及男性间的伙伴关系。

字①的语法，

这些水手令船只自危险的无名海域安全驶过，

这是地质学家，是手术刀使用者，是数学家。

先生们，最高的荣誉永远是属于你们的！

你们的事实非常有用，而它们却并不是我所居住的地方，

我只不过是通过它们进入了自己所居住的区域。

我的词汇里面涉及属性的较少，

更多的是涉及那些未曾揭晓过的生活，自由以及解脱羁绊，

所轻视的是中性以及阉割了的事物，所表彰的是机能完备的男人
以及妇女，

还将那号召叛乱的锣鼓敲起，与亡命徒以及密谋造反的人们共同逗
留。

二十四

沃尔特·惠特曼，宇宙，曼哈顿的儿子，

肥壮，狂乱，酷好声色，能喝，能吃，又能繁殖，

他不是感伤主义者，从来都不高高站在男人以及妇女们的头上，或
是同他们脱离，

不放肆，不谦虚。

将加到门上的锁拆下来吧！

甚至将门也自门框上拆下来！

---

① 指古代埃及帝王墓碑上的象形文字，惠特曼在 19 世纪 50 年代
经常参观百老汇的埃及古文物博物馆。

如果有谁侮蔑别人便是在侮蔑我，

不管什么言行都最终归结到我。

灵感通过我汹涌澎湃，潮流以及指标也通过我。

我将原始的口令说了出来，我将民主的信号发了出来，

天啊！假如不是全部的人也能够相应的在同等条件下得出的东西，

　我绝对不会接受。

借助我的渠道所发出的是许多长久以来都很喑哑的声音，

历代囚犯以及奴隶的声音，

绝望的、患病的、盗贼以及侏儒的声音，

"准备"以及"增大"轮转不息的声音，

连接着星群的线索，子宫以及精子的声音，

被其他人践踏的人们对权利进行要求的声音，

畸形的、渺小的、愚蠢的、平板的、受人鄙视的人的声音，

空中的浓雾，转动着粪丸的甲虫。

通过我的渠道所发出的是那些被禁止的声音，

两性以及情欲的声音，被遮盖着的声音而我却将遮盖揭开了，

猥亵的声音则被我予以澄清并且转化。

我没有用手指将我的口按住，

我保护着腹部令它同头部以及心脏四周同样高尚，

对我说来性交同死亡一样并不粗俗。

我对肉体以及各种欲念都表示赞同，

视,听,感觉全都是奇迹,我的每个部分每个附件都是奇迹。

我的里外全都是神圣的,不管是接触到什么或是被人接触,我都令
　它成为圣洁,
两腋下的气味是比祈祷更为美好的芳香,
头颅胜似教堂、圣典以及一切信条。

如果我的确崇拜一物胜过另一物,那将会是横陈着的我的肉体或是
　它的某一局部,
你将会是我半透明的模型!
你将会是多阴凉的棚架以及休止之处!
你将会是坚硬的男性犁头!
在我地上帮助进行耕种的也将会是你!
你是我丰富的血浆! 你那乳白色的流体是我生命中的淡淡奶汁!

贴紧其他的胸脯的胸脯将会是你！

我的头脑将会是你进行神秘运转的地方，

你将会是雨水冲刷过的甜菖蒲草根！怯生生的池鹬！看守着双生鸟
　　卵的小巢！

你将会是那蓬松而又夹杂着干草的头，胡须以及肌肉！

你将会是那枫树的流汁，那挺拔的小麦的纤维！

你将会是那非常慷慨的太阳！

你将会是那照亮而又将我脸遮住的蒸汽！

你将会是那流着汗的小溪以及甘露！

你将会是那用柔软而又逗弄人的生殖器摩擦着我的风！

你将会是那宽阔而又肌肉发达的田野，是那常青橡树的枝条，流连
　　在我的羊肠小径上久久不去的游客！

你将会是那我握过的手，亲吻过的脸，我所唯一进行过抚摸的生灵。

我溺爱自己，我包含很多东西，并且都非常香甜，

每时每刻，无论发生了什么，都令我欢喜得微微发抖，

我无法说清自己的脚踝是如何弯转的，也不清楚自己最微弱的心
　　愿来自哪里，

也不清楚自己所散发的友谊起因在哪儿，我为什么又重新接受了友
　　谊。

我走上了自己的台级，停下来对它是否真的是台级进行考虑，

我窗口的一朵牵牛花所给予我的满足已胜似图书中的哲理。

竟然看到了破晓的光景！

庞大而又透明的阴影被小小的亮光冲淡了，

空气的滋味真是美好。

转动着的世界主体在天真的欢跃中悄然出现,汩汩地放射出一片清
　新,
起伏着倾斜着疾驶而过。
某种我无法看见的东西将色情的尖头物举了起来,
海洋一般的明亮流汁洒遍了天空。

大地同天空紧贴着,它们每天都连在一起,
那时候,在我的头上升起了涌现在东方的挑战,
用讽刺的口气笑着说,看你还能否做得成主人!

二十五

耀眼而又强烈的朝阳,它会多快便将我处死,
如果在此时我不能永远自我心上也将一个朝阳托出。

我们也要像太阳那样耀眼而猛烈地上升,
啊,我的灵魂,我们于破晓的宁静以及清凉当中找到了自己的归宿。

我的声音对我目力所不及的地方进行了追踪,
我的舌头一卷便将大千世界以及容积巨大的世界接纳了。

语言为我视觉的孪生兄弟,它无法对自己进行估量,
它永远向我挑衅,以讥讽的口吻说:
"沃尔特,你有足够的东西,为什么不将它释放出来呢?"

好了,我是不会接受你的逗弄的,你将语言的表达能力看得太重了,

啊,语言,难道你不清楚自己下面的花苞是如何紧闭着的吗?

在昏暗中等着,受严霜的保护,

污垢随着我预言家的尖叫声在退避,

最后我还是能够,能够将事物的内在原因摆稳,

我的认识便是我的活跃部分,它同一切事物的含义在不断保持

　　联系,

幸福,(请能够听见我说话的男女们今天便开始去寻找。)

我绝对不告诉你我的最大优点是什么,我绝对不泄露自己到底是

　　什么样的人,

请将万象包罗,但千万不要试图包罗我,

我只要看你一眼便能挤进你最为圆滑精彩的一切。

文字以及言谈不足以对我进行证明,

我脸上摆有充足的证据以及其他一切,

我的嘴唇一闭便令怀疑论者全然无奈。

二十六

我现在除去倾听之外不做其他的,

将所听到的注入这首歌,令声音向它作出贡献。

我听到鸟类的华丽唱段,成长中的小麦的喧闹声,

火苗闲嚼着舌头,正在煮着我饭食的柴枝爆炸着,

我听到了自己所爱听的人声,

我听到各种声音同时鸣响着,联合到一起,相互融入,

或是互相追随着,

城里城外的声音,白天以及黑夜的声音,

健谈的青年们同喜欢他们的人说着话，工人们在进食的时候放
　声大笑，

友谊破裂之后的粗声粗气，病人的微弱声调，

法官的手紧紧攥着桌子，他那苍白的嘴唇在对死刑进行着宣判，

那些在码头上卸货的工人的哼唷声，那些起锚工人的合声哼唱，

警钟鸣响，大喊失火的声音，伴着警铃以及颜色灯光呼啸疾驶而来
　的机车以及水龙车，

汽笛声，列车渐渐靠近时所发出的隆隆滚动声，

在两人一排的行列前奏着慢步的进行曲，

（他们前去守灵，旗杆的头上还蒙着黑纱。）

我听到了低音提琴，（这是青年人内心的悲鸣，）

我听到了那装着键钮的短号，它快速地滑入了我的耳鼓，

它穿过了我的胸和腹，将阵阵蜜样甜的伤痛激了起来。

我听到了合唱队，这是一出大型的歌剧，

啊，这才是音乐——正合我的心意。

一个同宇宙一样宽广而又清新的男高音把我灌注满了，

他那圆形的口腔还在继续倾注，并且将我灌得满满的。

我听到那有修养的女高音，（我的工作又怎能和她相匹配？）

弦乐队领着我旋转，令我飞得比天王星还要远，

它自我身上攫取了我自己都不清楚自己所怀有的热情，

它令我飘举，我光着双脚轻拍，感受着懒惰的波浪的舔弄，

我遭到了凄苦而又狂怒的冰雹的打击，令我无法透气，

我浸泡到了加了蜜糖的麻醉剂当中，我的气管受到了绳勒般的
　死亡的窒息，

后来又被放松,得以体验这谜中之谜,

也就是我们所谓的"存在"。

二十七

"以随便的什么形式来出现。"那是什么?

(我们绕着圈转,我们都是这样做的,并且总是返回原地,)

假如发展仅止于此,那硬壳中的蛤蜊也便足够了。

而我身上的却并不是硬壳,

不管我是动还是静,我的周身全都是灵敏的导体,

它们将每个物体攫取,并引导它安全地在我身通过。

我只要稍动,稍加按捺,用我的手指去稍稍试探,便幸福了,

让我的身体同另外一个人接触便已够我消受。

二十八

那么这便是一触吗?我在抖颤中成为了一个新人,

火焰和以太向我的血管冲了过来,

我那靠不住的顶端也凑了过去帮助它们,

我的血以及肉发射电光来打击那同我自己没有多大区别的一个,

引发欲念的刺激自四面八方袭来,令我四肢僵直,

对我心进行压迫的乳房以求得它不愿给予的乳汁,

向我放肆地行动,不容抗拒,

就像是有目的地在剥夺着我的精华,

解着我的衣扣,搂抱着我那赤裸的腰肢,

令我于迷茫中似乎看到了平静的阳光以及放牧牛羊的草地,

毫不羞耻地将其他感官排除了，

它们为了同触觉交换地位而加以施贿并于我的边缘啃啮，

丝毫都不考虑我那将被汲干的力量或是我的憎恶，

对周围余下的牧群进行召集来享受片刻，

然后联合到一起站在岬角上对我进行干扰。

我的哨兵全都撤离了岗位，

他们令我面对凶恶的掠夺者束手无策，

他们全都来到岬角眼睁睁地看着我受难，并联合起来对我进行反

　　对。

我为泄密者出卖，

我说话粗狂并且失去了理智，不是别人，我自己才是最大的泄密者，

我自己首先登到了岬角之上，我自己的双手将我带去。

你这险恶的一触！你在做些什么？我喉头的呼吸早已特别紧张，

快打开你的闸门吧，你已经令我无法经受。

二十九

盲目、蜜甜的，挣扎着的一触，藏在鞘内和帽内有着利齿的一触！

离开我时你竟然也会如此痛楚吗？

离去之后紧跟着的便是再来，不断积累下的债务必须被不断地偿

　　还，

丰厚的甘露紧跟着便是更加丰厚的酬报。

幼芽将根扎下便能够繁殖，在路边生长得茂密而又生气勃勃，

那种伟然男子气概般的景色，壮硕而又金黄。

三十

全部真理都在所有事物内部静候，
他们不急于促使自己分娩但也不抗拒，
它们不需要医生的催生钳，
对我来说，极微末的也和任何事物同样巨大，
（比一次接触少或是多一些的又是什么呢？）
逻辑以及说教从来都不具有说服力，
黑夜的潮湿更加能够深入我的灵魂。

（只有能够在每个男子以及妇女面前对自己进行证实的才是实证，
　　只有无人能够否认的才是实证。）

我的刹那和点滴令我的头脑清醒，
我确信湿透了的泥块将成为情侣与灯光，
一个男子或是妇女的肉体便是要领中的要领，
他们对于彼此的感情是顶峰也是花朵，
他们会自这个教训当中无限滋生，直到它可以创造一切，
直至一切的一切都令我们欣喜，我们也令它们欣喜。

三十一

我相信每片草叶都是星星创造的成绩，
一只蝼蚁，一颗沙粒以及一枚鹪鹩产的卵都同样完美，
雨蛙为造物者的一件精心的杰作，
蔓生植物悬钩子可以装饰天上的厅堂，
我手上的一个最狭小的关节可以令一切机器都暗淡无光，
任何雕塑都比不过母牛低头嚼草的形象，

一只老鼠这个奇迹足以令亿万个不信宗教的人愕然震惊。

我发现自己的身体里面包含着片麻岩、煤、果实、谷米、长须的苔藓
　　以及可口的根芽①，
遍体粉刷着的走兽以及飞禽，
满有理地将身后之物远远地抛在了身后，
但在愿意时又能够召回任何一物。

超速奔跑或者羞怯都是徒劳的，
火成岩因为我的来到而将它们那古老的烈焰喷射是徒劳的，
爬虫缩避在自己已被碾碎的骨粉下面是徒劳的，
事物远远站在边上以千变万化的形体来出现是徒劳的，
海洋在深渊里潜伏，怪兽藏起来是徒劳的，
秃鹰以及苍天住到一起是徒劳的，
蛇在藤蔓以及木材之间滑行是徒劳的，
麋鹿躲藏到树林深处是徒劳的，
有着利喙的海鸟远远北航至拉布拉多是徒劳的，
我急忙跟上去，直上到悬岩裂缝中的巢穴。

三十二

我想自己能够转而同动物生活到一起，它们是如此淡泊而又自满自
　　足，
我站着对它们进行了很久的观察。

---

① 曾经惠特曼在笔记当中写道："灵魂或是精灵能够透入所有物质——进入岩石便过着岩石的日子，进入大海就感觉自己便是大海——进入橡树或是别的树——进入动物，从而感觉自己是马、鱼或者是鸟——进入大地——进入太阳以及星星的运转动作。"

它们并不因为自己的处境挥汗并且哀号，

它们并不因为自己的罪过哭泣而是在黑暗中通宵不眠，

它们并不议论自己对上帝应尽的责任令我生厌，

没有谁感到不满，没有谁犯有严重的占有狂，

没有谁向另外一个屈膝，也不向生活在数千年之前的同类屈膝，

地球上没有哪个是体面或是愁苦的。

它们如此向我表明了同我的关系，我接受了，

它们为我带来的是我的各种代号，并且很明确地告诉我已经在它们
　的掌握之中。

我很惊讶它们是从哪里得到那些代号的，

莫非我曾经很早走过那地方，还漫不经心地将它们丢下了？

彼时此时甚至永远，我自己总是在向前移动着，

一直都在以高速度收集并且展示着更多的东西，

没有穷尽，无所不包，它们中间也有同它们类似的，

并不过分排斥自己的记忆所及，

还于这里选中了我自己所喜爱的一个；这个时候同他像兄弟一般
　共同行动。

一匹雄壮而又健美的骏马，精神矍铄，对我的抚爱作出了反应，

它额骨高耸，两耳中间非常宽广，

肢体光滑又柔顺，尾巴扫地，

两只眼睛闪烁着机警，耳朵轮廓俊美，很灵巧地抖动着。

当我的两踵抱紧它的时候它张开了鼻孔，

我们飞跑一圈还归的时候它那匀称的肢体因为喜悦而微微颤抖。

我只用了你一分钟便即刻将你交出，骏马啊，

如果我自己能够超出你的速度又何须请你代步？

即便是我在站着或是坐下的时候也比你更加快速。

三十三

空间以及时间！现在我才意识到自己的猜想是正确的，

我在草坪上逍遥的时候所猜想的，

我单独睡在床上的时候所猜想的，

还是在清晨那些渐渐暗淡的星星下面、在海滩散步的时候所猜想的。

我的羁绊以及压力都离开了我，我的双肘倚着港湾，

我围着锯齿形的山脉在走，我的手掌覆盖了大陆诸州。

我的目力伴随着自己周游。

在城市里面列成方形的房屋旁边——在木屋里同木材工人共同

露宿，

沿着关卡的车辙和干涸的峡谷以及河床，

铲除着我葱头地内的杂草或沿着一排排胡萝卜以及防风根锄松土
地，跨过草原，于森林中寻路而行，

去探矿，掘金，将新购进的树木全部剥去一圈树
皮，

齐脚踝受到了热沙的烫伤，将我的小船拖到
了浅浅的河流当中，

那里，豹子在头顶的树枝上走来走去，那里
的牡鹿回过头来怒气冲冲地对着猎人，

那里响尾蛇于岩石上曝晒自己那松弛
的长长身躯，那里水獭正在觅鱼而食，

那里鳄鱼披着自己坚硬的癞疬于河湾
内熟睡，

那里黑熊正在寻觅树根或是野蜜，那里
海狸正在用自己的桨形尾巴拍打着泥
污，

成长着的甘蔗的上空，长着黄桃的
棉花株的上空，低湿的稻田的上空，

尖顶的农舍的上空，它那些层层
的扇贝形浮污以及沟洫里面的柔条①。

西部的柿林的上空，叶子长长的玉蜀黍的上空，长着纤巧蓝花的亚
麻的上空，

白色以及褐色的荞麦上空，除去其他之外还有一种嗡嗡以及嘤嘤的

---

① 是指被风雨从屋顶上冲刷下来的碎片在沟洫内形成扇贝形的
浮污并且还滋生着杂草。

声音，

深绿色的黑麦的上空，麦子于微风当中吹成了阴阳相交的细浪，

爬着高山向上，谨慎地提着身子攀岩，紧紧抓住低矮而又参差的树
　　枝，

走在那青草已经被踏平的小路上，将矮树丛的枝叶拨开，

那里鹌鹑在树林以及麦垄之间啭鸣，

那里蝙蝠于七月的黄昏时候飞绕，那里一只大号的金甲虫自黑暗中
　　跌落了下来，

那里小溪穿过了古树的虬根一直流到草地上，

那里牛马站着在用皮肉的抖动驱赶着苍蝇，

那里抹布挂到了厨房里，那里薪架支到了炉石上，那里蛛网自橡上
　　挂了下来结成了花彩，

那里大槌在沉重地落下，那里印刷机的滚筒在转，

只要是人的心脏于肋骨之下极端痛楚地跳动的不管是什么地方，

那里梨形的气球正在向上飘升，（我自己也在那里面飘浮，
　　安详地向下探看，）

那里救生装置被用活扣拖拉着前进，那里高温对沙坑里面浅绿色的
　　鸟卵进行着孵化，

那里母鲸带着幼鲸在游泳，从来不将它抛弃，

那里汽轮的尾部拖起长长的一面烟幡，

那里鲨鱼的鳍翅就像出水的一个黑色薄片般划破水面，

那里那烧得只剩了一半的方帆双桅船于不知名的水流上前进，

那里贝壳牢牢长在黏滑的甲板上面，那里死尸于舱底腐烂；

那里星星密布的旗帜于队伍前面高举，

通过那伸得很长的岛屿向曼哈顿走近，

在尼亚加拉的下面，飞落着的瀑布就像面纱一般罩到我脸上，

门前的台级上面，门外硬木制的踏脚台上面，

赛马场上,或是享用野餐或是跳快步舞,或是畅快地玩一场棒球,
单身汉的狂欢会上,运用下流话去骂人,刻薄而又放肆,跳水牛舞,
   哄笑,饮酒,
在苹果酒厂内对捣碎了的褐色甜浆进行品尝,用麦管去吮吸汁水,
在削苹果皮的时候我找到多少红色果实便要求多少次接吻,
举行集会、联谊会、滩头聚会、碾米会以及建房会的时候;
在那儿学舌鸟发出自己非常动听的咯咯声,清脆地尖叫,哭泣,
在那儿干草垛堆放在禾场上,在那儿枯茎散放着,在那儿为育种豢
   养的母牛等候在棚里,
在那儿公牛走上前去对雄性的职务进行执行,在那儿种马走向母
   马,在那儿公鸡踩着母鸡,
在那儿小母牛在吃草,在那儿鹅群在一口口啄食,
在那儿夕阳投下的阴影于无边际而又寂寞的草原上拔长,
在那儿水牛群在远近的方英里之内散开爬行,
在那儿蜂鸟闪烁着微光,在那儿长寿的天鹅弯曲并且绕转着自己的
   颈项,
在那儿笑着的鸥擦着岸边掠过,在那儿她的笑声同人的笑声近似,
在那儿花园里的蜂房排列在被深草半遮没的灰色木架之上,
在那儿颈绕花环的鹧鸪们围成一圈栖息在地上,仅露出了头部,
在那儿送葬的马车走入了墓园的拱门,
在那儿冬天的狼群于荒凉的雪地以及结着冰柱的树木那儿嗥叫,
在那儿戴着黄冠的苍鹭于夜间来到了沼泽的边缘啄食小蟹,
在那儿游泳和潜水的人所溅起的水花令炎热的中午变得凉爽,
在那儿纺织娘于水井边的核桃树上吹弄自己那支是和声却又不成
   和声的管箫,
在那种着带着银色网络叶子的香橼同黄瓜的小片土地上走过,
走过那含盐地或者柑橘林,或是走在圆锥形的冷杉下,

走过那健身房和挂着帘子的酒吧,走过办公室或是大会堂,

喜爱本地的,外地的,新的与旧的,

喜爱美貌的也喜爱丑陋的女人,

喜爱那正摘着软帽、美声美气地说话的贵格会的女教徒,

喜爱那被粉刷得雪白的教堂里面唱诗班所唱的曲调,

喜爱那正流着汗水的美以美会牧师恳切的言辞,野营布道会为人们
　　留下了深刻的印象,

整个上午逛完了百老汇商店的橱窗,将我的鼻子压扁在了厚厚的玻
　　璃窗上,

就是在同一天的下午我仰脸向云空游逛着,或者走进一条小巷或者
　　沿着海滨走去,

我的左右双臂搂着两个朋友的肋部,而我则走在中间;

同那沉默而又黑脸庞的乡下孩子共同回家,(天黑的时候他自我身
　　后共骑一匹马,)

离居民点老远时便开始研究动物的足迹或是鹿皮鞋所留下的脚印,

在医院的病床旁将柠檬水递给一个正在发烧的病人,

在所有的一切都静寂时走到棺材里的尸体的近旁,擎一支蜡烛仔细
　　进行观察,

乘船去每个港口做生意,冒风险,

同那群新派人物共同东奔西颠,同大家那样热心,三心二意,

我对自己恨的那个人是怒火中烧,恨不得立刻用刀将他刺死,

午夜时分,我在后院里特别孤单,很长时间内头脑都在走神,

在朱迪亚①步行(古老的丘陵地带,美丽而又温柔的上帝就在我身
　　旁,)

飞快地穿过空间,穿过天空与星群,

_____

① 古代对巴勒斯坦南部的称呼,耶稣曾经在那儿活动。

飞快地在七个卫星以及大圆环①里穿行,直径为八万英里,

同带着尾巴的流星共同飞奔,同它们一样抛掷着火球,

带着肚里正怀抱着满月母亲的新月②,

冲击着,计划着,欣赏着,热爱着,叮咛着,

不停地变换着方向,出现又不见了,

我日夜都在走着这样的道路。

我对各个天体的果园进行了访问,对产品进行了观看,

观看了亿万个红熟果实的同时也观看了亿万个青涩果实。

我就像一个流体③,就像一个能够将一切吞咽的灵魂那样一次次飞
    翔,

探测深度的测锤下方是我道路的方向。

我既取用物质的东西,也取用非物质的东西,

没有哪个守卫能够将我的去路截断,没有哪条法律能够将我阻止。

我的船只下锚也只不过是片刻,

我所派出的使者不停在各地巡游或是将他们的果实带过来给我。

我前去对北极熊的皮毛和海豹进行猎取,持一柄尖头杖穿越峡谷,

攀附着蓝色的易脆裂的冰柱。

----

① 指土星的光环。

② 日后,新月会成为满月,所以说是女儿怀着母亲。

③ 惠特曼习惯将精神的东西称为流体,将物质的东西称为固体。
流体具有很大的可塑性;比较灵活,能够融会贯通,甚至能够翱翔。

我登到了前桅楼上，

深夜之内我在瞭望台值班，

我们航行在北冰洋上，有着充足的光线，

我透过那清亮的空气，饱览了面前绝妙的美景，

巨大的冰块自我身边经过，我也自它们身边经过，每个方向的景物
　　都能够看得非常清楚，

能够看见远处群山那白色的顶峰，我朝着它们将自己的遐想抛去，

我们在向一个辽阔的战场接近并将立刻参加战斗，

我们自营地庞大的前哨站那儿经过，脚步轻轻，非常小心，

或是我们正经过郊区进入到一座巨大的早已成为了废墟的城市，

障碍物以及倒塌的建筑物多于地球上全部活跃的城市。

我是一个无牵无挂的伴侣，我露宿在进犯者的营火旁边，

我自床上赶走了新郎，自己同新娘共同歇宿，

我整整一夜将大腿和嘴唇紧贴在她身上。

我的声音是楼梯栏杆边的尖叫声，是妻子的声音，

他们将我男人的尸体抬上来了，它滴着水，已被淹死。

我清楚英雄们的宽广胸怀，

那种当代以及一切时代所表现出的勇敢，

那船长是如何看见那拥挤的、失掉了舵、遇了难的轮船的，

死神则是于风暴里对它进行上下的追逐，

他又是如何紧紧地把持着不后退一寸，白天黑夜都同样赤胆忠诚，

还用粉笔在一块木板上写着偌大的字母："振作，我们绝对不会抛弃
　　你们。"

他又如何同他们以及他们共同抢风行驶，接连三天未曾失去希望，

他又如何最终将漂泊着的人群救了出来，

在用小船载着他们离开早已掘下的坟墓时，那些穿着宽舒大袍的瘦
　　长妇女又是些什么样子，

那些沉默并且面目像老人的婴孩，那些被扶起的病人，那些有着刺
　　人的嘴唇、又未曾剃须的男人又是什么样子；

全部这些我都吞咽了下去，味道非常美，我非常喜欢，它成为了我自
　　己的东西，

我便是那人，蒙受了苦难，并且在现场①。

───────────

① 这里所描写的遇难情景是指 1853 年的 12 月 22 日离开纽约，
去往南美的"旧金山"号。在距离纽约几百英里之外，它遇到了大风。12
月 23 日至次年的 1 月 5 日期间船只一直都漂泊无主，在某个海域，一次
性丧生的便有一百五十人。1854 年 1 月 21 日纽约的《一周论坛》对此进
行了报道，惠特曼的遗物当中便有此报。

烈士们的轻蔑以及镇静,

过去曾经有做母亲的被判成女巫,用干柴将她烧死,子女们则在一
　　边看着,

那被追赶得很紧的奴隶在奔跑的时候力竭了,他靠着栅栏,喘着粗
　　气,浑身是汗,

他腿部以及颈部的针刺般的剧痛,足以致命的大号铅弹以及子弹,

这些我全能感受,我便是这些。

我是那正被追赶着的奴隶,狗来咬我的时候我畏缩,

地狱以及绝望,临到了我的头上,射击手将一发又一发的子弹射了
　　出来,

这些我全能感受,我便是这些。

我一把将栅栏的栏杆抓住,我滴着血,血浆由于皮肤所渗出的液体
　　变得稀薄,

我跌倒在了杂草以及石子堆里,

骑马人在鞭策着不愿意前进的马匹,逼近到了我的身边,

在我眩晕的耳畔进行着辱骂,并用鞭杆猛击我的头部。

剧痛是我用来替换的服装中的一件,

我并不去盘问受伤者的感觉,我自己已经成为了受伤者,

我倚到杖上细看时的伤口显得青且紫。

我是那个被压成重伤的救火员,我的胸骨已经断折,

倒塌的墙壁将我埋葬到了瓦砾当中,

我吸进了热与烟,我听见自己的伙伴们在大声地喊叫,

我听见远远地传来镐与铲的咔嚓声,

他们已经将横梁挪开,他们将我轻轻抬了出来。

我穿着红衬衫躺在夜空当中,为了照顾我周围是一片沉寂,
我不疼痛,只不过是力竭地躺倒着,但也并不是很不愉快,
我四周那些人们的脸白且美丽,头上已经摘掉了救火帽,
那跪着的人群伴随着火炬的亮度逐渐消失了。

遥远的以及死去的又重新复苏,
看起来他们像钟的表面,移动着的便像是我的两手,我自己便是那
　　台钟。

我是一个老炮手,我讲一下自己要塞炮战的情景,
我又回到了那里。

又是鼓手们那经久不绝的隆隆的击鼓声,
又是那进攻的大炮和臼炮,
又是那炮火的还击声送入了我的耳鼓。

我参与,我看到并听到了全部,
喊叫声、吼叫声、诅咒声、弹药命中后所发出的喝彩声。
救护车慢慢经过,一路上留下了血迹,
工人们正在寻找损坏的地方,进行着必需的修补,
手榴弹落到了裂开的房顶里面,一次爆炸,扇形的,
嗖嗖的肢体、头颅、木片、石块、铁片在高空中飞驰。
我那个奄奄一息的将军,在他的嘴里又在发出咯咯的声音,他在用
　　力挥动着双手,
他透过血块咽着气说:"别管我——注意——那些堑壕。"

三十四

现在我来讲一下我少年的时候在得克萨斯州所听说的事情，

（我讲的不是阿拉莫①的陷落，

没有人逃出来对阿拉莫的陷落进行讲述，

阿拉莫的那一百五十个人直到现在还没有谁发言，）

这是一个四百一十二个青年被残忍杀害的故事②。

撤退的时候他们摆出了一个空方阵，用辎重来充作胸墙，

他们早已赢得的代价便是对他们进行包围的敌人当中那九百条生
　　命，

他们九倍的力量，

他们的上校负了伤，弹药也用完了，

他们提出了很体面的投降，得到了签署的文书，缴了械，并且作为战
　　俘朝后撤退。

他们是巡逻骑兵的光荣，

马术，枪法，宴饮，歌唱，求爱，全都举世无双，

宽厚，非常活跃，慷慨，骄傲，俊秀，而又多情，

长着胡子，晒得红黑，身穿猎人的便装，

没有哪个长于三十岁。

第二个星期天的早晨他们分别被带出去屠杀了，这发生在美丽的初

---

① 墨西哥军队于1886年的3月6日攻打了得克萨斯州圣安东尼
欧的阿拉莫，将驻守在那里的军队全部消灭。

② 墨西哥战争时期法宁上尉的墨西哥敌人将部队内的三百七十
一个得克萨斯人都杀死了，1836年3月27日投降后，他们被杀死。

夏季节，

这个行动开始于五点左右，结束于八点钟。

没有谁因为服从命令而下跪，

有些疯狂而又徒劳地朝前冲突，有些则笔直地站着，

其中有些被击中了心脏或是太阳穴，立刻倒下了，活的和死的都倒
　　卧在了一起。

负重伤与血肉模糊的挣扎在泥土当中，新带过来的见到了这种情
　　况，

那些被打得半死的正在试图爬走，

这些人或是被枪托，或是被刺刀解决了，

一个还不到十七岁的少年将刽子手揪住了，直到又上来了两个人帮
　　助他挣脱。

三个人全都受了撕伤，全都染满了少年的鲜血。

焚烧尸体自十一点开始；

这便是四百一十二个青年惨遭屠杀的故事。

三十五

你是否愿意听一下早年的一场海战？

你是否清楚是谁在月光以及星光下面取得了胜利？

听听这个故事吧，这是我外祖母那做水手的父亲讲给我听的。

我们的敌人不是在自己船舱里面躲藏的人，我告诉你，（他说，）

他①有着英国人的勇气，没有谁比他更耐磨损，忠实可靠，不曾有过，

------

　　① 在这里，作者将敌人这个集体看成一个人，用单数"他"来代表
一团人。

并且不会再有；

一天黄昏他朝着我们搜索前进，非常凶恶。

我们同他肉搏了，帆桁以及帆桁缠牢到一起，炮口相接，

我的船长亲自将船只牢牢地拴系到一起①。

我们在水中遭受到了数发十八磅重的炮弹，

刚开火的时候我们的下层炮舱内有两发巨大的炮弹爆炸，将周围的

士兵都杀死了，头上也四处开花。

战斗到日落，天黑，

———————————

① 将敌人和自己的船绑到一起，以利于短兵相接。

夜间十点钟的时候,满月高高地升起,船的裂缝变大了,据报进水已
　　达五英尺,
纠察长将被后舱关着的俘虏放出来让他们自己逃生。

现在,出入弹药库的通道被守卫截住了,
他们看到如此多陌生的脸,不知道该相信谁。
我们的舰只着火了,
对方问我们是否要投降?
是否将旗帜降下就此结束战斗?

目前我满意地笑了,因为我听到了我的那个小舰长的声音,
"我们不降旗,"他安详地喊道,"我们这边的战斗还刚开始。"

只有三尊炮可用,
其中一尊由舰长自己指挥,对着敌人的主桅,
另外两尊有效地将葡萄弹以及霰弹发射了出来,打哑了敌人的步枪
　　并肃清了他们的甲板。

只有桅楼上在帮助这个小炮台开火,尤其是主桅楼,
在整个战斗中,它们都勇敢地坚持着。

一刻都不停歇,
船裂缝进水的速度比抽水机抽水要快,火苗立刻便要将弹药库吞
　　食。

一架抽水机被打掉了,大家全都认为我们将要沉没了。

小舰长很从容地站着，

他不慌也不忙，声音不高也不低，

他的眼睛提供给我们的光，要胜似我们的军用提灯。

快要十二点的时候他们在月光下投降了。

三十六

午夜伸着腿在静静地躺着，

两只无比大的船壳一动不动地伏在黑夜的胸脯上，

我们那只满是窟窿的船在缓慢地沉没，正准备要向我们所征服的那
　　只舰只上过渡，

舰长的脸色像纸那般雪白，他在后甲板上冷冷地发布了命令，

附近则是在舱内值勤的那个孩子的尸体，

那个留着白长头发以及用心卷着胡须的老水手的僵死的脸，

虽尽力扑灭却仍在上下跳跃着的火苗，

那两三个还能够值勤的军官们那沙哑的嗓音，

乱堆到一起以及单独躺着的尸体，桅杆以及帆桁上涂抹着的肉浆，

被砍断的船缆，正在晃荡的半截绳索，微微震动着的平滑的波浪，

漆黑而又冷漠的大炮，一包包散乱的火药，刺鼻的气味，

头顶上是几颗巨星，沉默而又忧伤地照亮着，

轻轻吸入的海上的微风，岸边芦草以及田野的气味，那些幸存者被
　　委托送出的死讯，

外科医生的手术刀的咝咝声，他那锯上的尖利锯齿，

咯咯声，吸气声，鲜血泼洒声，短促的尖叫声，持续很长而又沉闷且
　　渐渐消失的呻吟声，

全部便是这样，一切都已不可挽回。

三十七

你们这些正在站岗的懒虫！请注意你们手里面的武器！
他们挤入了被攻下的大门！我的心窍被迷住了！
我化身为全部的亡命徒或是受苦的人，
看到我自己在狱中成为了另外一个人的形状，
并且感受到了那单调而又持续不断的疼痛。

为了我，那个对犯人进行监视的守卫扛着卡宾枪警戒着，
早上放出、晚上关进的人便是我。

没有哪个戴上手铐走进监狱内的叛变者不是连我也与他铐到一起
　　走在他身旁，
（我不如那里那快活的人，而更像那个沉默的人，抽搐着的唇边挂满
　　汗珠。）
没有哪个小青年因为盗窃罪被捕而不是连我也要走上前去接受审
　　判并且被定罪。

没有一个得了霍乱的在躺着咽下他最后一口气的时候不是有我也
　　同样躺着咽最后的一口，
我面色如土，肌肉扭曲，人们自我身边走开。

有所求的人们借着我的形体，我则借着他们的形体，
我拿着帽子将手伸了出来，脸上含羞，坐着行乞。

三十八

够了！够了！够了！

我已经惊得有些不知所措了。靠后站吧！

给我一些时间清醒一下我那受了打击的头，让我自昏睡、梦乡以及
　　呆滞中休息过来吧，

我发觉自己已经到了犯通病的边缘。

我竟然能将那些嘲笑者和侮辱忘记！

我竟然能将那簌簌落下的眼泪，大头短棒以及铁锤的打击忘记！

我竟然能够换一种眼光来看待自己被钉上十字架并且戴上血污的
　　王冠。

现在我记得了，

我对那被撇在一旁的一小部分进行了重温，

石墓①将托付给它或是其他坟墓的死者增加了好多倍，

尸体复活，创口愈合，锁链自我身上滚落。

我重新又充满了无上的力量在前进，成为了一个平常而漫长无比的
　　队伍中的一员，

我们去了内地和海滨，越过了一切边界，

我们所迅速推广的条例正在向着全世界传播，

我们帽子上面簪的花朵已经生长了千万年。

学生们啊，我向你们表示致敬！站出来吧！

请继续你们的评注工作，继续来提你们的问题吧。

三十九

那友好而又潇洒的野蛮人，他是谁呢？

---

① 基督死后葬身的石墓，作者在此认为和基督一样死而复生的人
很多。

他在等待文明,还是已经超越并且掌握了它呢?

他是在户外长大的西南地区的人吗? 是加拿大人吗?
他是来自于密西西比流域吗?是自俄阿华,俄勒冈,加利福尼亚而来的吗?

是来自山里? 是习惯了草原以及未开垦的丛林生活的?
还是来自于海上的水手?

不管他走到什么地方,男人女人们都接受他,并且渴望亲近他,
他们渴望他并且喜欢他们,触碰他们,同他们说话,同他们住在一起。
行动就像雪花那样放荡不羁,言语就像青草那样朴实无华,头发缺少梳理,笑声不绝并且天真无邪,
脚步迟缓,相貌平平,平凡的举止以及表情,
它们①自他的指尖降落的时候又出现了新形式,
它们散发着他身体或是呼吸的气味,它们自他的眼神里面飞出。

四十

阳光在自鸣得意,我并不需要你的温暖——去一边等着吧!
你只照亮了表面,我用力透过表面,也进到了深处。

大地! 你似乎想在我手中找到什么,
说吧,你这撮毛②,想要什么?

———————————

① 指"平凡的举止与表情"。
② 对一个印第安人的爱称,因为有一些部族经常在头顶留一撮头发或是戴一些装饰品。

男人或是女人啊，我本能够说明自己是如何喜欢你，不过我不能，

也能够说明我心里想些什么，你心里想些什么，不过我不能，

也能够说出我的渴望，我那日夜都跳动着的脉搏。

看啊，我并不发表演说或是给些小恩小惠，

我给的是自己。

那面的那个人，软弱无能而又站立不稳，

露出你那被围巾裹着的脸，让我为你吹进一些勇气吧，

伸出你的手掌，将你口袋上的袋罩掀开吧，

我不允许人拒绝，我施加压力，我有着绰绰有余的储存，

只要是我的我便给。

我没有必要问你是谁，因为对我来说那并不重要，

除非是我允许你的，除此此外你做不成任何事，什么都不是。

我将身体挨近棉田里面的苦力，或是打扫厕所的清洁工，

我在他的右颊上留下一个只留给家人的亲吻，

并且我在灵魂的深处发誓，我永远都不会拒绝他。

在能够怀孕的女人身上我种下了较大、较灵巧的婴儿，

（今天我所射出的物质属于比一般的要傲慢得多的共和国。①）

对于任何一个垂死的人，我都是飞跑过去将门的旋钮拧开，

将床上的被褥堆到床角，

_____

① 惠特曼感觉人们全都太卑微、太谦虚，应该更骄傲一点。

请医生以及神甫都回家去。

我将那往下走的人抓住,用不可抵抗的意志将他举起,

啊,绝望的人,这里便是我的脖子,

天哪,绝对不能允许你下沉！将你的全部重量都压到我的身上吧。

我吸足了气令你膨胀,我将你浮起,

我令屋里的每间房都驻满了武装,

爱我的人们与战胜了坟墓的人们。

睡吧——我同他们彻夜站岗,

疑惧以及死亡将不敢侵犯你,

我已经拥抱你,从此令你成为我自己所有,

等到你早晨起床的时候,你便会发现我说的不假。

四十一

我便是给那躺着喘气的病人们以援助的人,

给那健壮而又能够站立的人们,那边带来更多必要的援助。

我听到了各种有关宇宙的议论,

听了又听,早已有几千年了；

总的说来还能够过得去——不过仅仅只是如此而已吗?

我的到来便是为了将它扩大而应用,

一开始便比那些谨慎的老年贩子①锁定出的价钱要高,

_____

① "那些谨慎的老年贩子",指的是神以及担任神职的人,他们对人类的神圣气质表示轻视。

我自己所用的是耶和华的精确尺寸，

对克罗诺斯，他儿子宙斯以及他的孙子赫尔克里斯进行了平版印
　　刷，

将奥西利斯、贝鲁斯、艾西斯、波罗贺摩以及释迦牟尼的手稿买了下
　　来，

在我的文件包内散放着曼尼陀，印到单页上的真主，刻成了图版的
　　十字架，

还有欧丁以及那面貌丑陋的麦西特里与各个偶像以及肖像，

按照他们真正的价值论价，不多出一分钱，

承认他们曾经存在并且在他们的时代发生过作用，

（他们曾经为羽毛未丰的雏鸟运送过虫蚁，现在小鸟到了自己站起
　　来飞翔并且歌唱了，）

接受了那些粗糙的神的速写来对自己的不足进行补充，又大量分赠
　　给我所遇到的每个男人与女人，

自一个搭造房屋的建房者的身上发现同样或是更多的神的气质，

那卷着袖子在挥舞着木槌与凿子的人更值得尊重，

并不对接受特殊的启示表示反对，将一缕烟或是我手背上的一根汗
　　毛都当成是意味无穷的启示，

对于我来说驾着救火车、攀着绳梯的小伙子们不亚于古代的战争之
　　神，

毁灭性的倒塌中能够听到他们阵阵传来的声音，

在遇到烧焦的木板时，他们健壮的肢体竟安然无恙，他们那洁白的
　　前额没在火苗中受到损伤；

机械师的妻子为婴儿喂奶①就是在替每个人申请生的权利，

收割的时候让三把镰刀排成一排并呼呼响着的为三位健壮的天使，

---

① 这便同圣母的形象有些相像。

她们的衬衣于腰际鼓得圆圆的，

那个牙齿不整的红发马夫为了将过去以及未来的罪过赎免，

卖掉了全部的一切，走着路去替他的兄弟支付律师费用，并在他由
　　于伪造字据而受到审理的时候坐到他身旁；

散布得最为广泛的东西也只不过在我四周散布了三十平方杆，甚至
　　于还没有将三十平方杆铺满，

公牛以及小虫从来都没有受过足够多的崇拜①，

粪土以及泥块有着梦想不到的很多优点，

神怪不足道，我正等待着跻身到至圣的行列，

那一天正在逐渐到来，我将同成绩最佳者一样来做出优异的成绩，

并且同样惊人；

我面对着生命的块状物②发誓！我早已成为了一个造物者，

此时此地我早已将自己放到了潜伏着暗影的子宫内③。

四十二

人群中的一声呼唤，

我的声音，洪亮，横扫一切，并且有决定意义。

来吧，孩子们，

来吧，男孩以及女孩们，我的妇女、家属以及亲人们，

现在那位演奏家早已在放胆让自己内心的笙管弹奏序曲。

很容易写下的、随意演奏出的和声啊——我感到了你在拨弄的高潮

---

①　在古代宗教中，公牛和小虫都曾受到崇拜，不过它们是被当成
神来接受崇拜的。

②　指睾丸或是精液。

③　作为造物者，诗人深入黑暗进行破坏，并将生命创造了出来，证
明了一切全都是神圣的。

以及结尾。

我的头在我的颈上转动，

音乐在滚动着，但并不是来自风琴，

亲人在我四周，但他们并不是我的家属。

永远都是那坚硬而又平坦的大地，

永远都是那些吃喝着的人们，永远都是那升起而又落下的太阳，

永远都是空气以及那不停歇的潮汐，

永远都是我自己以及我的邻居，爽朗，恶毒而又真切，

永远都是那陈旧的不能够解释的疑问，永远都是肉里的刺，那令人
　　发痒而又口渴的鼻息，

永远都是那令人烦恼的呵斥声，直至我们发现了那狡猾人藏身的地
　　方，将他揪了出来，

永远都是情爱，永远都是生活里面抽泣着的液体，

永远都是颔下的绷带，永远都是死者的尸床。

这里或是那里都是眼睛上长着钱币的人在到处走动①，

为了将肚子内的贪婪满足，便要消耗掉大量的脑力，

买卖并领取着票子，不过宴会则是一次都没有去过，

很多人流汗、耕种、打场，却将糠秕当成了报酬，

几个吃闲饭的人拥有了一切，他们不断将麦子据为己有。

这便是那座城市，而我则是其中的一个公民，

---

① 这里是指爱钱如命的人，不过死尸入葬之前经常被人在眼睛上
放硬币来让它紧闭。

别人感兴趣的我都感兴趣，政治、战争、报纸、市场、学校，

市长和议会、税率、银行、工厂、轮船、存货、堆栈、不动产以及动产。

那些渺小而又为数不少的侏儒穿着硬领以及燕尾外套在四处蹦跳，

我清楚他们是谁，（肯定不是蛆虫或是跳蚤，）

我承认他们为我自己的复本，其中最为脆弱、浅薄的也同我一样不

  死，

我的所行所说对于他们也同样适合，

在我胸中挣扎着的每个思想也同样在他们的胸中挣扎。

我非常清楚自己的自我中心主义，

我很熟悉自己那些兼容并蓄的诗行，并且绝对不能因此而少写一

  些，

无论你是谁我要令你也充满我自己。

我的这首歌可不是那些例行公事的词句，

而是直截地提出了问题，跳得较远但是含义却较近；

这是一册早已印好、装订好了的书——不过印书者以及印刷厂的少

  年工人呢？

这是一些照得很不错的照片——不过在你怀中紧紧搂着的非常实

  在的妻子或是朋友呢？

这艘装配有铁甲的黑色船只，在她的那些炮塔里面是火力极猛的大

  炮——不过舰长以及工程师的英勇呢？

房子里面是碗盏、食物以及家具——不过主人、主妇以及他们眼睛

  里的表情呢？

在那上面是高高的天——不过这里、隔壁或是对过呢？

历史上的圣贤——不过你自己呢？

宣教文、信条和神学——不过那深不可测的人脑又是怎样，

什么是理性？是爱？是生命？

四十三

我并不对你们这些僧侣表示轻视，不管在何时何地，

我的信仰最为伟大，也最为渺小，

包括古今以及古今之间的全部崇拜，

我相信五千年之后自己还会再次来到世上，

我等着神的指示来作出回答，尊奉诸神，去赞美太阳，

将头一块岩石或是木桩当成偶像，在巫咒的圈子内执杖集会①，

帮助喇嘛或是婆罗门在神像的面前修剪佛灯，

在对男性生殖器进行膜拜的游行队伍里面沿街跳舞，在树林当中则
　　是一名狂热而又严厉的苦行僧②，

自头骨杯中饮啜着蜜酒，崇敬《沙斯塔》以及《吠陀经》，信奉《古兰
　　经》，

在被石头以及刀子里面流出的血染污了的神庙内走动，敲着蛇皮
　　鼓，

接受福音以及那被钉到十字架上面的人，确信他的神圣，

做弥撒的时候下跪，或是于清教徒祈祷的时候起立，或是耐着性子
　　坐到教堂的座位上，

于精神失常的关键时刻我高声咒骂并且口吐白沫，或像死人那样等
　　候着，直至苏醒③，

注视着马路以及地面，或是马路与地面之外的地方，

---

① 巫咒指西印度、圭亚那以及美国东南部的黑人们施行的巫术。

② 这里的苦行僧一般不穿衣服或是穿非常少的衣服。

③ 宗教狂热者有时候会达到的境界。

从属于那些绕行于众圈之圈中的人①。

作为内向以及外向人群中的一员我转身像一个即将出门的人那样
　　进行叮咛嘱咐。

垂头丧气的怀疑者沉闷而又孤独，

轻浮、阴沉、愤怒、失望、闷闷不乐、情绪激动、没有信仰，

我认识你们中的每个人，我懂得苦恼、绝望、怀疑以及没有信仰所汇
　　成的大海。

鲸鱼的尾鳍是如何溅起了这么大的浪花②！

它们又是怎样像闪电那样快速地扭动，一阵一阵喷出鲜血！

安静吧，像带着血的尾鳍那样的怀疑者以及闷闷不乐者，

我参与到你们之间来就像是在任何人的中间一样，

"过去"推动了你、我和一切人，大家全都是一样的，

未曾经历过的以及其后的一切，对于你、我和一切人，也全是一样
　　的。

我不清楚未曾经历过的以及其后的一切到底是什么，

但是我清楚它最终会被证明是足够的，绝对不会失误。

每个过路的人都已被考虑过，每个留下来的都已被考虑过，它不可
　　能辜负任何一个。

它不会辜负已经死去并且被埋葬了的青年，

----

① 这里与下一行的"内向以及外向人群"全都是指基督教美以美
教派的巡回牧师。

② 指被击伤的鲸鱼尾鳍。

或是那死后被安置到他身边的少妇，

或是那在门口偷偷张望，之后又抽身退去再也看不到的小孩子，

或是那活着没有目的、只不过觉得这比苦胆还要苦的老人，

或是那在济贫院内因为饮酒过度、生活不规则而得了肺结核的人，

或是那些不计其数的惨遭杀戮和毁灭的人们，以及那些被称为人类
　　粪便的禽兽一般的巨港人①，

或是那些只不过是漂来浮去、张口等着食物灌进口中的珊瑚虫，

或是那在大地内部，或是在大地最为古老的墓穴深处的任意一物，

或是那在众星球中的任意一物，或是在星球上卜居的无穷的数量
　　中的无穷数量，

也不会忘掉当前，或是人们所清楚的最为细微的东西。

四十四

到了对我自己进行说明的时候了——让我们站起来吧。

只要是已知的我便将它剥下来丢掉，

_____

① 指的是苏门答腊东岸的巨人。

我带着全部的男人以及女人们同我一起步入那"未知"的世界。

时钟指出了分秒——不过永恒又指出了什么呢？

我们目前已经历尽了无数的冬天与夏天，
前面还有无数的,无数的还在前面的前面。

出生为我们带来了丰满以及多样性,
更多的出生会为我们带来丰满以及多样性。

我不会称某物比较伟大,另一物比较渺小,
只要是占领了自身时间以及空间的事物,那便同其他事物完全同
　　等。
人类想要谋杀、妒忌你吗,我的弟兄姐妹?
我替你难过,他们没有想要谋杀我或是妒忌我,
人人都对我很温和,我从来都不同忧伤打交道,
（我同忧伤有什么相干呢？）

我是已经完成的事物的顶点,还包含着未来的事物。

我的脚踩着阶梯最高级中的最高级,
每一级的上面都是成捆的岁月，每两级之间又是更大的一捆和一
　　捆,
下面的全部都已一一走过,但我却仍旧在攀登而又攀登。

上升而又上升,幽灵们伏到我的身后,
在下面的远处我看到那巨大的首个"无有",我清楚自己甚至曾在那

里涉足，

我一直都在等候着，没人看见，并于冷漠的迷雾中一觉便睡了过去，

我从容不迫，恶臭碳的没有伤害到我①。

我长时间地被很紧地拥抱着——持续了很久很久。

为我所做的准备范围十分广阔，

对我的臂膀进行的扶助是忠实而又友好的。

无数个世纪引领着我的摇篮摆渡，就像快乐的船夫们正在摇啊摇

　　啊，

星星们遵循着自己的轨道在一旁待着，这是为了给我让路，

它们施加了影响用来对我将要留住的地方进行照看。

在母亲生我之前，有多少个世代对我进行了引导，

我的胚胎从来都没有麻木过，没有任何东西能令它窒息。

为了它，星云凝固到了一颗星球之上，

漫长而又缓慢的地层堆积起来供它在上面栖息，

非常多的植物类为它提供营养，

巨大的蜥蜴用自己的嘴运载着它并且小心地将它存放好②。

全部力量一直都被用来完成我并且令我欣喜，

目前我和我那健壮的灵魂就在此地站立。

---

① "冷漠的迷雾"与"恶臭碳"都是指人类从前的时代，甚至比"巨
大的蜥蜴"还要早。

② 传说中，蜥蜴将自己的卵含在嘴里。

四十五

啊,这段青年的时光！施展不尽的弹力！
啊,这段男子的成年时期,红润、匀称而又饱满。

我的情人们令我窒息,
挤压着我的双唇,堵塞了我皮肤上的毛孔,
在街上与公共的厅堂里面推挤着我,夜间又赤着身前来找我,
白天自河流的岩石那面叫一声:"嗨！"在我的头上摇晃着,喊喳地吵
　　闹着,
自花圃、藤蔓架上以及枝叶交缠的树丛内叫着我的名字,
在我生命的每一分钟内停落,
用温软而又甜润的香吻将我的全身吻遍,
又悄没声地自他们的内心掏出一把又一把的东西,交给我成为了我
　　的东西。

老年正在壮丽地向上升腾！啊,欢迎,临终时刻的不可言传的娴雅多
　　姿！

每一种情况不仅宣告了自己的存在,同时也宣告了它自己此后能够
　　长出的东西,
而黑暗的那份静寂也对同样多的东西进行了宣告。

我在夜间将天窗打开看到了那远远散布的星斗,
而我所见到的一切再倍以最高的数字也只不过是更远的星斗边缘。

它们越来越宽阔地朝四面散开,扩张着,并且永远扩张着,

朝外又朝外,并且永远都在朝外扩张着。

我的太阳有了自己的太阳并且围绕着它在顺从地旋转,
它同它的同伙,即周线更为高级的一组,联合起来,
随后便是更大的几组,令它们中间最为伟大的变成微细的颗粒。

没有停止也绝对不会停止,
即便我、你、万物,和在它们的表面之下和之上的一切此刻都降成苍
白的浮游物,也终究徒然,[①]
我们必定会重新回到我们目前站立的地方,
并且肯定会走得同样远,然后还会再远。

几个亿万年代、亿万方英里,不会对这段距离造成危害或是令它急
    不可待,
它们只不过是局部,任何事物都只不过是局部。

无论你看得多远,在此之外仍会有无穷的空间,
无论你如何计算,在此之上仍会有无穷的时间。

我的约会早已定妥,不会更动,
上帝会等候在那里,直到我来的条件已经完全成熟,

那伟大的"同志",我日思夜想的忠实情人肯定会出现在那里。

————————————

① 是指太阳系形成前的时期,有注释者认为"苍白的浮游物"指陆
地没有形成之前的一大片水。

四十六

我知道自己享有最为优越的时间以及空间,并且从来都没被衡量过
　　也不可能被衡量。

我所走着的是永恒的旅行,都来听一下吧!
一件防雨大衣,一双很耐穿的鞋,以及一根自树林里砍来的手杖是
　　我的标志,
我没有朋友坐到我的椅子上面休息,
我没有椅子、教堂和哲学,
我没有带人去过饭桌旁,图书馆和交易所,
不过你们当中的每个男女都被我引到一个小山头去,
我的左手钩住了你的腰,
我的右手指着每个大陆的景致以及那条康庄大道。

我不能够,也没有谁能够替你走那条路,
你必须要自己走。

路不远,属于你的能力范围之内,
或许你出世之后曾走过,只不过自己不清楚,
或许水上、陆上四处都是它。

将你的衣服扛起来吧,亲爱的儿子,我也扛着自己的,让我们快点朝
　　前走吧,
我们沿途会经过美妙的城市以及自由的国土。

假如你累了就将两个包都给我,将你的手掌放到我的腰际,

到了适当时你便会为我提供同样服务，

因为我们出发之后便再也不会躺下来休息了。

今天破晓之前我登到了一座小山上面望着那拥挤的天空，

我对着我的精灵说："一旦我们拥有了这些星斗，与他们所赐予的每
　　件事物的愉悦以及知识，我们便丰满、知足了吗？"

我的精灵说："不是，我们只会将地面夷平从头越过，朝着更远的地
　　方前进。"

你也在向我问问题，我听到了，

我回答说自己不能够回答，你必须自己去寻找答案。

坐会儿吧，我亲爱的儿子，

这里有可以吃的饼干，这里有可以喝的牛奶，

不过只要你睡了一觉换上轻便的衣服并且恢复了精神，我便给你一
　　个告别的吻并将大门打开让你自这里走出去。

你做的那些卑鄙的梦已经足够了，

现在我洗去你眼睛里的污垢，

你自己必须要习惯于炫目的光照以及你炫目的生命中的每一分每
　　一秒。

你在岸边抱着一块木板怯懦地在水中跋涉已经够久了，

现在我要你做一个勇敢的游泳者，

跳到海里又浮出水面，朝着我点头，叫喊，笑着将头发甩向脑后。

四十七

我是那些运动员的老师，

那个在我身边挺着一副比我的更加宽阔的胸膛的人将我自己的肩
　　膀有多宽阔证实了，
真正尊重我的风格的人是为了推翻老师才学习它的。

我所喜爱的少年是那些依靠自己而不是外来力量长大成人的，
出于顺从或是恐惧决不是美德而是罪恶，
热爱自己的女友，津津有味地吃着自己的牛排，
将单相思或是受到轻视看成比锋利的钢刀还要能伤害人，
骑马、射击、驾舟、决斗、唱歌、弹奏五弦琴等都是一把好手，
喜爱伤疤、胡子以及长着麻子的脸胜过全部涂上肥皂沫子的男儿，
喜爱晒黑了的人胜过躲着太阳的人。

我教导人应该偏离我而去，不过谁能偏离我呢？
从此时开始无论你是谁我都会跟随着你，
我的话令你耳朵发痒，直到你理解了它们为止。

我说这些话不为挣一元钱也不为在我等船时消磨时光，
（这是我所说的话，也是你所说的话，我替你充当了舌头，
舌头在你的嘴里受着拘束，在我的嘴里却早已开始放松。）

我发誓绝对不在一所房屋内再提爱情或是死亡，
我发誓绝对不解释我自己，只有同他或是她单独待在户外时是例
　　外。

假如你想理解我就请到山上或是水边来，
近在身边的小昆虫为一种解释，一滴水或是一个微波为一把钥匙，
木槌、桨、锯子能够对我说的话表示支持。

一间紧闭着的房间或是学校不能同我交流，

粗鲁人以及小孩要比它们好得多。

那个年轻的机械工同我最为亲密，他非常了解我，

那个带着斧头以及水罐的伐木工人会整天将我带在他身边，

那个在地里耕田的农家子愿意听我说话的声音，

我的话在海上航行的船只内也同样能够航行，我和渔夫同水手们交

　　往，我对他们表示热爱。

那宿营或是行军的士兵属于我，

在战役打响的头天晚上很多人前来寻找我，我从来不令他们失望，

那个庄严的晚上（或许是他们的最后一个晚上）所有认识我的人都

　　来找我。

猎人当自己独自盖着毯子睡着时，我用脸对他的脸进行摩擦，

赶车人想到我的时候，不将车子的颠簸放到心上，

那年轻的母亲以及年老的母亲理解我，

那女孩以及那妻子暂时将针线停住，忘记她们已经讲到了哪里，

她们同大家都一样，接下去会讲我已经告诉过她们的事情。

四十八

我曾说过灵魂并不能优于肉体，

我也曾说过肉体并不能优于灵魂，

并且对于一个人来说，包括上帝在内，没有什么能够比人的自我更

　　为伟大，

如果谁走了将近一英里的路还没有给人以同情，就相当于身披裹尸

布走向了自己的坟墓，

而我或是你的口袋里虽然没有分文，却能够买到地球上一流的商
　品，

用眼一瞥或是让人看一下豆荚中的一颗豆粒便能够令古往今来的
　学问不知所措，

无论什么行当或是职业只要一个青年去做它便能成为英雄，

没有什么事物特别柔弱，竟不能够成为转轮般宇宙的中心，

对于任何男人或是女人我都会说，在一百万个宇宙面前，请让你们
　的灵魂保持冷静与镇定。

我对人类说，别对上帝感觉好奇，

因为我这个对于每件东西都很好奇的人，对于上帝却不好奇，

(无论罗列多少个名词也难以将我对于上帝以及死亡的泰然自若说
　明。)

我于每件事物当中听到并且看到上帝,不过对于上帝,我却仍旧毫
　　不理解,

我也不能理解有谁能够比我更加神奇。

为什么我应该要求能够比今天更好地认识上帝呢?

在二十四小时中的每个小时,甚至每一分钟我都看到上帝的某点,

在男人以及女人的脸上,还有镜子里和我自己的脸上看到上帝,

我在街上捡到上帝所丢下的信件,每封信的上面都签署有上帝的名
　　字,

我将它们留在原处,因为我清楚无论自己前往哪里,

永远都会有其他的信件如期到来。

四十九

至于你呢,"死亡",还有苦苦揪住人最终会有一死的你啊,你别想令
　　我惊慌。

助产士丝毫都不畏缩前来做自己的工作,

我看到那只左手正在压挤着、接受着、支撑着,

我在那精致而又柔韧的屋门的门槛边斜倚着,

注视着出口,注意到了苦痛的减轻以及免除。

至于你呢,"尸体",我觉得你是非常好的肥料,不过这并不令我感到
　　恶心,

我闻到白玫瑰那香甜的气味并且它们还在继续成长,

我伸手抚摸着那叶子般的嘴唇,去碰那甜瓜般的光滑胸脯。

至于你呢,"生命",我算计着你是许多死亡所留下的残余,
(无疑我自己之前已死过了一万次。)

我听到你们在那里悄声低语,啊,天空上的星星,
啊,恒星——啊,坟头的青草——啊,从不间断的调换与前进,
你们不说我又能够说什么呢?

至于秋天的森林里面躺着的浑水潭,
自萧瑟的黄昏的悬崖上所下降的月亮,
摆动吧,白天以及薄暮时分的闪光——自污秽中腐烂的黑茎上面摆
　　动吧,
伴随着枯枝所发出的带有呜咽声的呓语摆动吧。

我自月亮那里上升,我自黑夜那里上升,
我看到的那惨淡的微光是正午时分日光的反照,
不管起点的大小我要出现在稳定的中心。

五十

我的胸中有物——我不清楚它是什么——但我知道胸中有了它。

受到折磨并且流着汗——然后我的身体再次变得平静而又清凉,
我入睡了——并且睡了很久。

我不清楚它是什么——它没有名字——它是一个没有说出的词,
字典里面,话语里面,符号当中都没有它。

它同某物依附在一起荡漾,超出了我所依附的大地,

对于它来说万物是朋友，它的拥抱令我苏醒。

或许我还能够多说一些。只能提纲挈领！我替我的弟兄姐妹们申辩。

你们能够看到吗，啊，我的弟兄姐妹们？
它既不是混沌，也不是死亡——而是形体，计划，联合——是永恒的
　生命——是"幸福"。

五十一

过去以及现在都凋谢了——我曾经令它们饱满，又曾经令它们空
　虚，
还要接下去将那还将在身后继续下去的生命装满。

站在那边的听者！你有哪些要告诉我的秘密？
在我将黄昏的斜照吸进时请端详我的脸，
（说实在话吧，没有谁会听见你，我也仅仅能够再多待一分钟而已。）

我自相矛盾吗？
那好，我自相矛盾，
我辽阔博大且又包罗万象。

对于近物，我思想集中，我在门前的石板上等候。

谁已经完成了自己一天的工作？谁能够最快吃完晚饭？

谁愿意同我共同散步？

你愿意在我走之前说话吗？会不会已经太晚？

五十二

苍鹰自我身边掠过并且责备我，他怪我饶舌，还怪我迟迟停留不走。

我也同样丝毫都不驯顺，我也同样不可解说，
我自世界的屋脊上面发出了粗野的叫喊。

白天最后的日光因我而停留，
它将我的影子抛到了其他影子之后并且同其他的一样，将我抛在具
　有很多黑影的旷野，
它劝诱我向烟雾以及黄昏走去。

我同空气一样走了，对着那在逃跑途中的太阳摇晃着自己的绺绺白
　发，
我将自己的肉体融化于旋涡当中，让它在花边状的裂缝①当中漂浮。

我将自己交付于秽土，让它成长在我心爱的草丛当中，

_____

① 研究惠特曼作品的美国学者艾伦教授认为这指的是"各样形状
的白色气体"。

如果你再次需要我,请在你的靴子下面对我进行寻找。

你会不是特别清楚我是谁,我的含义是什么,
但是对于你说来,我仍将于你的健康有益,
还将滤净并且充实你的血液。

如果一时间你无法找到我,请不必灰心丧气,
一处找不到可以再去其他的地方,
我总会在某个地方等你。

1855   1881

亚当的子孙

朝那花园①

朝那花园，世界再次重新上升，

那些具有生育能力的配偶，女儿、儿子们，带头行动，

爱，他们肉体的生活、意义以及存在，

好奇地看我于这里沉睡又苏醒，

那些大幅度的旋转周期再次为我带来了，

色情而又成熟的，看起来是那么美丽而又让人吃惊的，

我的四肢与在其中永远颤抖的火，因为某些最为奇妙的原因，

我既然生存，仍旧能够窥见以及看透，

她满足于现在和过去，

夏娃在我身边或是后面随行，

有时候走到前头，我也同样随她行进。

1860   1867

---

① "花园"是指《圣经》当中的伊甸园。

本能的我

本能的我,一如自然,

我愿意同他们在一块儿的朋友,亲热的白天以及上升的太阳,

我朋友的胳臂慵懒地搭到了我的肩头之上,

由于山梨花盛开而变白的山坡,

同样是深秋,红的、紫的、黄的、黄褐的,以及浅绿与深绿的颜色,

茂密如茵的草地,飞禽以及走兽,幽僻而又荒芜的堤岸,小卵石,野
    生的苹果,

那美丽而又湿淋淋的碎片,一件接一件被忽略掉的事物,当我偶然
    将它们唤来或是想起的时候,

那些真正意义上的诗,(我们所谓的诗只不过是图片罢了,)

那些同黑夜的隐秘以及像我这样的男人有关的诗,

这首我和所有的男人都经常带着的羞涩地垂着不给人看的诗,

(要彻底清楚,特地宣布,哪儿有同我一样的男人,哪儿便有这强壮
    的藏着的雄伟诗篇,)

爱的思想,液汁,香味,顺从,

攀缘者,和向上攀缘着的精液,

爱的两臂以及双手,爱的嘴唇,爱的阴茎形的拇指头,爱的乳房,由
    于爱而紧压着贴在一块儿的肚皮,

贞洁的爱的泥土,仅能随爱降临的生命,

我那爱的躯体,我爱着的女人、男人的躯体、地球的躯体,

自西南方吹过来的柔和的午前风,

那嗡嗡着正在忙来忙去的茸毛野蜂,它将那长得丰满的雌蕊抓住,

　　以淫荡而又强有力的腿部弯身压到她的上面,恣意地对她进行摆

　　布,用力地牢牢将自己支撑住,直到满足为止;

整个早晨里,树林都披着的湿雾;

夜晚紧挨着躺在一块儿的两个睡卧者,其中一个将胳臂斜伸到另外

　　一个的腰部下方,

苹果的味道,来自那被揉碎的艾丛、薄荷以及桦树皮的芬芳,

那少年的渴望,他将梦中的情景向我透露时那兴奋而又紧张的表

　　情,

那些回旋飘晒然后悄悄并且满足地落到地面上的枯叶,

那些为眼前的景象、人们以及物体所利用来扎我的无形刺激,

我自身那带套的刺,完全像刺激其他人那样刺着我,

那仅有特许的试探者才可以亲近其住处的圆圆的被兜着的敏感的

　　两兄弟①,

那好奇的漫游者,那在全身漫游着的手,那手温柔地停留以及挤入

　　之处的肌肉的含羞的退缩,

那清亮的,青年男人体内的液体,

那如此忧郁和疼痛的被惹怒的侵蚀,

那折磨,那不得宁静的烦躁的潮水,

那种同我所感觉到的一样的滋味,同别人身上一样的滋味,

那越来越兴奋的年轻男人,那越来越兴奋的年轻女人,

那自深夜醒来的年轻男人,那仅想将一个将支配他的冲动压制下去

①　指睾丸。

的发烫的手,

那色情的神秘的夜,那些奇异且又半受欢迎的剧痛、幻觉以及汗水,

那在整个手掌以及颤抖、紧握着的手指当中轰击的跳动,那全身赤
　　热、又羞又怒的青年。

那将我全身淹没的我那爱人的海水一般的汗渍,当我甘愿赤裸着躺
　　在她的身边,

那正在阳光照耀下的草地上爬的一对孪生儿的欢乐,

那自始至终都警觉地对它们进行守望的慈母,

那胡桃树干,胡桃壳,那正在成熟或是已经成熟了的椭圆果实,

那些草木、禽鸟以及动物的节欲,

那种如果我畏缩或是自觉下流时就会产生的卑鄙感,而鸟兽却从来
　　都不畏缩或是自觉卑鄙,

那种能够与伟大的母性的贞操比美的伟大的父性的贞操那个我许
　　了愿的对后代进行繁衍的誓言,我那些个亚当式[1]的娇嫩闺女。

那种日夜如同饥饿一般对我进行咬啮的贪欲,它迫使我令那里完全
　　饱和,能够孕育出男孩来对我退出后的岗位进行填补,

那于健康有益的解脱,休息,满足,

和这一束自我身上所随便采撷的鲜花,

它早已完成了任务——我随意将它抛出,无论它落到何处。

1856　　　　　　　　　　　　　　　　　　　　　　　　1867

---

① 亚当为《圣经》故事中的人类始祖,他禁不住夏娃的诱惑偷吃了
禁果。这便代表着人类无法挽回的脆弱性。"亚当式的"指有人的脆弱天
性的。

将一小时都献给疯狂和欢乐

来一个小时的狂热以及喜悦吧！猛烈些！不要对我进行限制！

（那在暴风雨中将我解放的是什么呢？

我于狂风闪电当中的叫喊意味着什么呢？）

就让我比谁都更加深地沉醉于神秘的亢奋当中吧！

这些温柔的野性的疼痛啊！（我将它们遗赠给你们啊，我的孩子们，

我用某些理由将它们告诉你们，新郎与新娘啊！）

我完全向你屈服，不管你是谁，你也不顾一切地向我屈服！

回到乐园去啊，腼腆而又娇柔的人哟！

将你拉到我的身边来，为你首次印上一个坚决的男人之吻。

啊，那困惑，那已被打了三道的结，那幽深而又昏暗的深潭，全部解开了，照亮了！

啊，终于挺进了那个有足够空隙以及空气的地方！

将从前的束缚和习俗摆脱掉，我摆脱我的，你摆脱你的！

用一种新的，从没想到过的同自然界一样的毫不关心的冷漠态度！

将口箝自人的嘴上摘掉！

今天或是任何一天都能感觉到像现在这样我便已经够了。

啊，还有些未曾证实的东西，还有些如梦般恍惚的东西！

要对别人的掌握和支撑绝对避免！

要自由地驰骋！自由地爱！不带顾虑地狠狠猛冲！

让毁灭过来吧，给它以嘲弄，发出邀请！

朝着那个为我指出了的爱的乐园跳跃，上升！

带着我那醉醺醺的灵魂朝那里飞腾！

如果必要的话，就毁掉吧！

飨给生命余年以一小时的满足与自由啊！

给以短短一小时的癫狂与豪兴！

1860   1881

自滚滚的人海当中

滚滚的人海当中的一滴水走过来温柔地对着我，

悄悄地说：我爱你，但我不久便会死去，

只是为了看看你，摸摸你，我已经长途跋涉，

因为在看你一眼之前我不能死，

因为我怕自己以后可能会失去你。

现在我们已经见了面，所以平安无事了，

请放心返回大洋去吧，亲爱的，

我也是大洋的一部分，亲爱的，我们没有被完全分离，

看一下那个伟大的圆球，全部都粘在一起，是多么的完美！

不过对于我和你来说，那个不可抗拒的大海将令我们分离，

在一小时之内我们将会各奔东西，但我们却不会永远分离；

不要着急——这只不过是短暂的片刻——要清楚我在向空气、海洋

　　以及陆地致意，

每天在日落时这样做，为的都是你啊，亲爱的。

1865　　　　　　　　　　　　　　　　　　　　　　　1881

在连绵不断的岁月当中不时回来

在连绵不断的岁月当中不时回来，

没被摧毁，永生地游历，

崇拜阳具，精力旺盛，有着原始、强壮而又极其美妙的生殖器，

我这吟唱着亚当式歌曲的人，

通过这西部新花园，召唤着大城市，

这样狂奋地为出生者高奏着序曲，献出这些和我自己，

将我自己和我的歌，置于性欲当中，

置于我生殖器官的产物当中冲洗。

1860   1867

我们两个被愚弄了如此之久

我们两个被愚弄了如此之久，

不过现在变了，我们在飞速地逃跑，像大自然那样逃跑，

我们便是大自然，离开此地已经很久，不过现在我们又回来了，

我们成为了植物、树干、树叶、树皮、树根，

我们被安装到了地上，我们是岩石，

我们并排生长于林中的空地上，我们是橡树，

我们吃草，是野牛群中的两只，随便哪一只和我们都是一样顺乎自
  然，

我们是两条鱼，共同游在大海里，

我们就像刺槐的花朵，早晚在小巷四周散发着芳香，

我们还是兽类、植物、矿物所有的粗劣斑痕，

我们是两只正在捕捉肉食的鹰，飞蹿到天上，又向下窥视，

我们是两个太阳，无比灿烂，像星球那样对自己进行着平衡，

我们是两颗彗星，

我们用四条腿以及利齿于树林之中觅食，我们向猎获物猛扑过去，

我们是正午前后于天空之中奔驰的两朵云彩，

我们是交缠于一起的海洋，是两个欢乐的浪花彼此在对方的身上翻
  滚而又互相浇湿，

我们是大气层，透明而又善于接受，能被穿透，而又不能被穿透，

我们是雨、雪、寒冷和黑暗，我们各自是地球的力量和产物，

我们转了一圈又一圈，直至再次回到了家里，

除去自由和自己的欢乐之外我们将一切排除。

1860   1881

天真的时刻

天真的时刻——当你遇到我——哎,现在你来到了这里,

只要你能够让我尽情地淫乐,

让我沉浸到爱欲当中,过一下粗野下流的生活,

今天我便去陪伴大自然的宠爱者,今晚也同样,

我对那些主张纵情欢乐的人表示赞同,我加入年轻人在午夜的疯狂
   享受,

我同跳舞者共同跳舞,与酒徒共同饮酒,

我们那淫猥的叫喊于四周回响,我将一个下贱的挑出作为我最亲爱
   的朋友,

他必须是无法无天而又粗鲁的;必须无知,而又因为自己的行为备
   受谴责,

我不再装腔对人进行欺骗了,我为什么要于我的这些伙伴当中自绝
   呢?

啊,你们这些被人回避的人,至少我不会回避你们,

我走出来,到了你们当中,要做你们的诗人,

我宁愿对于你们比对任何其他人都更加有用。

1860   1881

一次，我经过了一个人烟稠密的城市

一次，我经过了一个人烟稠密的城市，将它的外表、建筑、传统、习俗都铭刻到了自己的脑子里，留待将来使用，

然而现在有关于那整个的城市，我只记得一个偶尔遇见的女人，因为爱，她留下了我，

我们日夜都在一起——别的全部我都早已忘记，

我记得自己只是说那个女人热烈地紧缠住我不放，

我们多次四处漫游，我们热恋，然后分手，

她再次将我的手握住，不许我走，

我还能够看到她紧挨在我的身边，没有说话，只是嘴唇在忧郁地微微颤抖。

1860   1861

我听见那庄严甜蜜的管风琴

上个星期天的早晨我在经过教堂的时候听见了你,庄严而又甜蜜的
　管风琴,

那秋天的风啊,黄昏时分,我在树林里散步,听见你在上空长长吁出
　的叹息是那么的忧伤,

在歌剧院里,我听见那意大利男高音在美妙地歌唱,我听见四重唱
　中那位女高音的声音,

亲爱的! 我还听见那只搂着我头的手腕边你的低语,

昨天晚上在寂静当中我听到你的脉搏自我耳畔所发出的小小铃铛
　声。

1861　　　　　　　　　　　　　　　　　　　1867

芦笛

在人迹罕至的小路上

在人迹罕至的小路上，

生长于池水旁，

逃离了那浮于表面的生活，

离开了到目前为止公开宣布的全部规范，离开了享乐和利益，

大家所遵守的条例，

那些长久以来我为自己灵魂所提供的粮食，

现在我才清楚了没有公布过的规范，清楚了自己的灵魂，

我代表着的那个男子的灵魂所最喜欢的是伙伴，

我单独在这儿远离尘世的喧闹，

将那些芬芳的舌头①在这儿对我说的话都一一记下了，

不再腼腆，（因为我在这个僻静的地方不像在其他地方那样不敢回
 答，）

我深深感到了那不是表面，但却包含了全部的生活，

下定决心今天不去歌唱别的，只歌唱同男子之间的感情，

令这些诗歌顺着充实的生活进行发展，

今后仅留下各个种类健壮的友情，

这是我四十一岁一个美妙的九月下午，

我所进行的都是为了全部的年轻人或者曾经年轻的人，

告诉他们我在夜间以及白天的秘密，

对寻求伙伴的必要性进行歌颂。

1860   1867

---

① 指用这种植物的叶子做成的笛子。

无论现在紧紧缠着我的是谁

无论现在紧紧缠着我的是谁，

缺了一件便什么都将无用，

在你进一步试着将我缠住之前，我预先对你发出警告，

我并不是你所设想的，而是和那大不相同。

谁将会是那个追随我的人？

谁情愿署下自己的名字来作为赢取我感情的候选人？

方式可疑，结果不能肯定，或许是破坏性的，

你必须要将其他的一切放弃，只有我才能够充当你唯一的标准，

即便如此，你的实习期也将会是漫长而又辛苦的，

你过去对生活的所有理论以及你所习惯的四周的生活都必须放弃，

所以你在进一步自寻烦恼之前的现在便将我放开吧，拿开你搭在我

　肩上的那只手，

将我放下去走你自己的路吧。

要不然便偷偷去某个树林里试一试，

或是走到空旷处的岩石背后，

（因为我不会自一间盖有屋顶的房间内出现，也不会有同伴，

我会像个哑巴那样躺在图书馆里，好似一个呆子，还没出生，或是已
死去，）

但也有可能同你在一座高山上面，先看一下几英里内会不会突然有
人来到，

也有可能同你在海上航行，在海滩或是在某个清静的小岛，

在这里我允许你将自己的嘴唇压到我的嘴唇上面，

来个伙伴式的长吻或者一个新婚丈夫式的亲吻，

因为我便是那个新婚丈夫，是那个伙伴。

或者如果你愿意，就将我塞到你的衣服下面，

让我自那里感受你心的搏跳，或是让我靠在你的臀部，

你在陆地或是海上旅行的时候请带着我，

因为只要是接触到你便已经足够,也最好,

就这样同你接触,我便会静静地睡去,被永远携带着。

不过你如果细读这些草叶便会冒风险,

因为你不能理解我同这些草叶,

开始你便会无法掌握它的意义,过后便更不可能,我必定会逃脱出
　　你的掌握,

即便你认为毫无问题,你早已一把将我拉住,不过看啊!

你会发现我早已自你身边逃走。

我写这本书的目的不是为了对其中的内容进行描写,

阅读它也并不会让你得到它,

那些对我钦佩又吹嘘的人也并不是最理解我,

那些想要赢得我的友情的候选人(除非是极少数的几个)也不可能
　　胜利,

我的诗篇不仅有益,同时也有害,也许危害要更多一些,

没有那些你猜很多次还没有猜中而又被我暗示了的东西,所有便将
　　无用;

所以放下我,走自己的路去吧。

1860　　　　　　　　　　　　　　　　　　　　1881

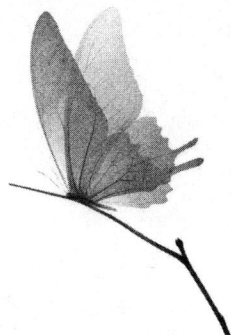

啊,为了你,民主!

请听我说,我将令这个大陆无法溶解,

我将对太阳照耀下最为光辉的人种进行缔造,

我将令具有很大吸引力的国家变得神圣,

用伙伴间的友爱,

用伙伴间那终生不衰的友爱。

我要沿美利坚的全部江河、沿大湖的湖岸、遍布全部的大草原、对同

　　树木一样密集的友爱进行栽植,

我要令拆不散的城市用自己的臂膀将彼此的脖子搂住,

用伙伴的友爱,

用男性间伙伴的友爱。

啊,这都是我献给你的,民主,是给你服务的,我的女人啊!

为了你,为了你,我才颤着声将这些诗歌发表了。

1860　　　　　　　　　　　　　　　　　　　　　　1881

春天里我唱着这些歌

我在春天歌唱的时候为密友们收集了这些歌，

（这是因为除去我之外还有什么人能够懂得密友们以及他们全部的
忧伤和欢乐呢？

除去我之外又有谁算是伙伴们的诗人呢？）

收集的时候我横跨了世界这座花园，不过不久我便走出了大门，

有时沿着池塘，有时稍稍涉水，不怕受到潮湿，

有时又走近了栅栏式的篱笆，在那些自田间所拾来的乱石块扔作一
堆的地方，

（野花、藤蔓以及杂草自石缝里面长出，又将石堆部分掩盖了，我离
开了这里便又开始朝前走，）

远远地走进了森林，或是后来又在夏天的时候随意漫步，竟然没有
考虑要到什么地方去，

独自一人，嗅着泥土的气息，还不时于寂静当中停下脚步，

本以为仅剩下了自己，但是过了没有多久很多人便围了上来，

有的在我身边走着，有的在我后面走着，有的挽着我的臂膀或是脖
子，

他们便是死去或者活着的那些亲密的朋友们的灵魂，越聚越多，逐
渐成了一群，而我则在中间，

在那里我边收集,边分赠,边歌唱,边同他们一起游逛,

折下些什么作为纪念,谁离我近便丢给谁,

这里,是紫丁香与一枝松针,

这里,自我口袋里面取出的一些苔藓,是我从佛罗里达州的那株挂
　　满苔藓的栎树上面揪下来的,

这里是一些石竹以及桂树叶,还有一把鼠尾草,

这里是现在我自水里捞上来的,是我于池塘边涉水的时候所得,

(啊,在这里我最后一次看到了他,他爱着我,是那样的温柔,

后来又回来不再同我分离,

而这枝呢,啊,这枝从此将成为伙伴们的标志,这枝是芦笛的根,

青年人应该用它来彼此交换!谁都不要将它退回去!)

还有一束野柑橘,几片枫叶与板栗,

几枝红醋栗与梅花,还有芬芳的雪松,

我用一团浓密的灵魂将这些缠住,

当我信步路过的时候用手指指点点或是抚摸,或是自我身边将它们
　　抛撒掉,

并且告诉每个人他应得什么,并令每个人都有所收获;

不过我却要保留自己从池塘边的水里所捞取的东西,

我也要给人,不过只能给那些同我自己一样友爱的能量非常深的人
　　们。

1860　　　　　　　　　　　　　　　　　　　　　　　　1867

全部形而上学的基础

听着,先生们,

我想说几句话,让它们一直在你们的记忆以及头脑里面保留,

作为全部形而上学的基础以及最后的结论。

(当他那听者众多的课程即将结束时,

老教授便是这样向学生们说的。)

研究了现代以及古代,希腊以及日耳曼的体系后,

研究并且阐明了康德、谢林、费希特以及黑格尔后,

阐明了柏拉图,还有比柏拉图更为伟大的苏格拉底后,

在对比曾经探索、阐明过的比苏格拉底还要伟大的神圣基督进行研

究后,

我今天回顾并且体会了那些希腊以及日耳曼体系,

体会了全部哲学体系和基督教教会以及教义,

但在苏格拉底的更深层面之下,却很清楚地看到了,在神圣基督的

更深层面之下,我看到了人对于他的伙伴所拥有的热烈感情,朋

友与朋友之间的吸引力,

美满的丈夫同妻子之间,孩子们同父母之间,

城市同城市之间,国家同国家之间的热烈感情。

1871   1871

只是些根和叶

这些不过是些根和叶，

是自野林以及池畔为那些男女所带来的芳香，

友爱的酸模以及石竹，比藤蔓缠得还要紧的手指，

太阳升起后躲到树叶丛中的鸟儿们自喉头所涌出的歌声，

陆地以及友爱的微风自活跃着的岸边吹送到那活跃着的海上的你
　　们的身边，啊，水手们！

在冬天将要过去的时候给在田野里漫步的年轻人趁新鲜送去的、被
　　严霜催熟的浆果以及三月的嫩枝，

安放到你面前以及你内心里的表示友爱的花苞，无论你是谁，

按照旧日的条件即将开放的花苞，

假如你为它们带来太阳的温暖，它们便会开放，为你带来形态、芳
　　香、颜色，

假如你成为养料以及潮湿的话，它们便会成为花朵、果实、枝丫以及
　　树木。

1860　　　　　　　　　　　　　　　　　　　　　　　　1867

不是高温燃起火焰并将一切烧毁

不是高温燃起火焰并将一切烧毁,

不是海浪匆忙地在进出,

不是干燥而又香甜的空气,夏深时节的空气,轻轻带动无数种子的
　白茸球,

被吹送着,轻柔飘舞着,随处落了下来;

不仅是这些,啊,无独有偶,我也同样燃起火焰并烧毁着一切,为了
　得到我所爱的那个人的友爱而在燃烧着,

啊,我也同样在匆忙地出入;

潮水不是匆忙地在寻找着什么,而且从不服输吗? 啊,我也是同样
　的,

啊,如果说茸球或是芳香,高空洒着雨点的那云朵在空中遨游的话,

那我的灵魂也同样在空中遨游,

吹送向各个方向,啊,亲爱的,这是为了寻找友谊和你。

1860　　　　　　　　　　　　　　　　　　　1867

我在路易斯安那看到一棵四季常青的橡树正在成长

我在路易斯安那看到一棵四季常青的橡树正在成长，

它孤单地独自站立着，苔藓自树枝上挂了下来，

它没有任何的同伴却生长在那里，倾吐着深绿色的、欢乐的叶子，

它的相貌粗鲁、健壮、挺拔，令我想到自己，

不过我诧异它为什么能够独自站在那儿倾吐欢乐的叶子，但却没有
　　朋友在身边，因为我清楚我就无法办到，

我折下了小小一枝，上面带有几瓣叶子，又绕上了一些苔藓，

我将它带走，将它放到我屋内容易看到的地方，

我不需要它令我重新想起自己那些亲爱的朋友们，

（因为我认为最近自己除了他们外没怎么想念过其他的，）

但它仍就是件奇异的纪念物，它令我想到了男子之间的友爱；

虽然如此，并且虽然那棵四季常青的橡树孤单地在路易斯安那的那
　　块非常大非常平坦的空地上面闪闪发光，

终其一生都在倾吐着欢乐的叶子，竟然没有一个朋友或是心爱的人
　　在身边，

我深知自己是办不到的。

1860　　　　　　　　　　　　　　　　　　　　　　　　1867

给一个过路的陌生人

过路的陌生人！你不懂得我是怀着多么大的渴望在用眼睛看着你，

你必定是我那正在寻找的他或是她，（我简直像是做了一个梦，）

我一定是在什么地方同你共享过一段愉快的生活，

我们擦身走过的时候将一切全想起来了，就像流体似的，

多情而又贞洁，早已成熟，

你是同我一起长大的，是一个同我在一起的少年或是少女，

我同你一起饮食，同你一起睡觉，你的躯体已不仅是你的，

我的也不仅是我的，

我们相逢的时候你的眼睛，脸蛋，肉体带给我愉悦，作为对你接纳了

　　我的胡须，胸脯和双手的回敬，

原来我是不许同你说话的，只有当我独自坐着，或是独自在夜间醒

　　过来时，才会想到你，

我原定要等着你，无疑我还会再次遇见你。

我必须保证不将你白白丢掉。

1860　　　　　　　　　　　　　　　　　　　1867

一 瞥

自门缝里面窥见的一瞥，

某个非常晚的冬天的夜晚，一群工人以及车夫围坐

在酒吧间里的火炉旁边，但却无人注意到我坐到了一角，

一个爱我并且为我所爱的青年默默走过来坐到了

我的身旁，

以便能够拉着我的手，

在来去的吵闹声中，

在喝酒赌咒以及下流的笑谈声中

过了特别长的时间，

我们两个在那里，因为能够在一起

而觉得满足，幸福，特别少说话，

可能都没说一句话。

1860   1867

歌唱手拉手者

歌唱手拉手者，

你们这些听任自然的老人以及青年！

你们这些自密西西比河上与在全部密西西比支流旁边的人！

你们这些友好的船夫以及工匠！你们这些粗人！

你们两个！同所有沿着街道走着的行列！

我愿意将自己融化于你们中间，直到我看到手拉着手走路成了平常
的事情。

1860   1867

给东部以及西部

给东部以及西部，

给那个在滨海一州以及宾夕法尼亚住的人，

为那个北方的加拿大人，为我爱的那个南方人，

这些人可以完全可靠地将你们描写得如同我自己一样，生机存在全
部人的心里，

我确信这个国家的主要意图便是缔造一种壮丽、崇高而又前所未有
的友谊，

这是因为我见到它在等待，并且一直都在等待着，它潜伏于全部人
的心里。

1860   1867

在很多人之间

在很多男人以及女人之间，

　　我看到有的人用隐蔽而又神圣的手势将我选中，

　　不承认还有其他的人，不承认任何父辈、丈夫、妻子、孩子、兄弟会比我更为贴心，

　　有些人迷惑不解，不过那人却不是这样——那人对我表示理解。

　　啊，完全平等的心上人，

　　我原本希望你凭借微弱而又曲折的道路发现我，

　　而我在遇见你时也打算通过一样的途径发现你。

1860　　　　　　　　　1881

大路之歌

一

我举步，轻快地踏上了大路，

健康而又自由，世界在我面前，

我面前的那漫长而又棕褐色的道路向着我要去的任何地方指引。

自此我不再要求幸福，自己便是幸福，

自此我不再低声哭泣，迟疑和需要什么，

告别了关在屋内的埋怨，图书馆，牢骚满腹的指责，

我健壮而又满足地在大路上走。

地球，有了它便已经足够，

我不要求星群离我更近些，

我清楚它们目前所处的地位特别优越，

我清楚它们能够满足那些属于它们的全部人。

但是在这里我仍旧背负着我宠爱了多年的包袱，

我背负着他们，男人以及女人，我带他们到了我去的地方，

我发誓自己绝对不能抛弃他们，

他们令我充实，我也要令他们充实。

二

你这条我走着的,并且还在四面进行环顾的路啊,我相信你不只有
　眼下这点,

我相信这里还会有很多看不到的东西。

这里还有关于事物的深刻教训,不偏爱,也不否定,

鬈发的黑人、患病者、罪犯、文盲,没被否定;

婴儿出世,匆忙去请医生,醉汉的蹒跚,乞丐的蹀躞,一群正在哄笑
的技工,

那早已逃走的青年,富人的仪态,纨绔子弟,两个私奔的男女,

清晨的赶集人,柩车,将家具运往城里,又自城里回来,

他们和我都走过,任何东西走过,都并没有受到制止,

没有我不接受的,没有我不宠爱的。

三

你这供给我气息令我说话的空气啊!

你们这些令我的各种意识不至于散失而又带给它们形态的物体啊!

你这将我同万物包裹在细微而又均匀的阵雨当中的亮光啊!

你们这些于大路旁便被践踏得坑坑洼洼的小路啊!

我相信你们都具有潜在的无法看到的生命,我感觉你们是多么的可
　爱啊。

你们这些城里面的石板路! 你们这些对路边进行巩固的镶边石啊!

你们这些渡船! 这些码头上面的厚木板以及竖杆! 你们这被木料铺
　设的码头两边! 这些远处的船只啊!

你们这些一排一排的房屋! 你们这些镶着窗子的房屋前面!

你们这些房顶啊！

你们这些游廊与入口处！你们这些墙压顶以及铁栅栏啊！

你们这些配有透明玻璃的窗子又会暴露多少内幕！

你们这些门以及向上攀的台阶！你们这些拱门！

你们这些无尽头的石砌路上的灰石块！你们这些被踏平的十字路
　　口！

我相信你们早已自你们接触到的全部人物事物中获得收获，

现在又要将同样的东西暗暗传给我，

你们已经通过生者以及死者令你们冷漠的外表不再寂寞，而对于
　　我，他们的精神应该是看得清楚而又友好的。

四

地球在向左边右边扩展，

图画是生动的，它的优点被各个部分突出了，

音乐在需要的时候出现，不需要的时候便停止，

大路上的快乐声音，欢快而又清新的情调。

啊，我脚下的公路，你是否向我说不要离开我？

你是否会说不要这样做——假如你离开我你便会迷路？

你是否说我已经做好准备，我已经经受过了敲打，不会被否定，

紧随我吧？

啊，大路，我回答你，我不怕离开你，但是我爱你，

你比我更加善于对我进行表达，

对我来说，你应比这首诗还重要。

我想英雄的业绩全是自户外构想出来的，全部自由的诗歌也都是如
　　此，

我想自己也能够留在这里并且创造奇迹，

我想自己会喜欢自己在路上所遇到的一切，并且看到我的不管是什

　　么人也都会喜欢我，

我想自己见到的不管什么人也肯定是幸福的。

五

从这时开始我便要命令自己摆脱羁绊以及想象中的界线，

到我愿意去的地方，完全并且绝对地成为自己的主人，

倾听他人，对他们所说的话进行慎重的考虑，

逗留下来，搜索，接受并且思考，

温和地，不过怀着不能否认的意志；自己将束缚我的拘束解开。

我将空间大口地吸进，

东方西方属于我，北方南方属于我。

我比自己所想象的更为巨大、美好，

过去我不清楚自己竟有这么多美好的品质。

对我来说所有事物都是美的，

我可以向男人以及女人们再三申说，你们为我做了这么多有益的好

　　事，我也要同样对待你们，

我要于路上为你们以及自己求得补充，

我要于路上将自己散布到男人以及女人们中间，

我要在他们之间抛下一种新的喜悦以及粗率，

不管谁对我进行否定，将不会令我烦恼，

不管谁对我进行接纳，他或是她将受到祝福，同时也会祝福我。

六

假如现在出现一千个完美男人我也不会惊奇，

假如现在出现一千个容貌美丽的女人我也不会吃惊。

现在我清楚了造就最为优秀人物的奥秘，

那便是在户外成长，同大地共同饮食、休息。

一桩伟大的个人业绩在这里是有发展余地的，

（这样的一个业绩会将全人类的心都掌握住，

它所散发出的力量以及意志将会压倒法律，蔑视所有权威，并且反

　　对它的所有论点。）

这是智慧的一次考验，

智慧并不是最后在学校内才受到考验，

智慧不会由有智慧的人传给没有的人，

智慧属于灵魂，是不能够证明的，它便是自己的证明，

能够应用于全部阶段，事物以及品质，并且感到满足，

它对事物的现实性、不朽性以及优越性进行了肯定；

在可见事物的浮动当中有某种东西能够促使它自灵魂中出现。

现在我重新对各种哲学以及宗教进行检验，

它们在课堂里有可能被证明是不错的，但在广阔的云层下，

置于景物与流水之旁时，却是什么都无法证明的。

这里是认识，

一个人在此受到权衡——他在这里意识到自己有些什么，

过去,未来,爱情,尊严——假如它们那里没有你,你也便没有它们。

只有每件事物的核心才能够提供营养;

那替你我剥去外壳的人在哪儿呢?

那替你我揭穿阴谋以及蒙蔽的人在哪儿呢?

这里便是黏着力①,以前没成过形,但是现在却非常及时;

你是否知道自己路过的时候受到陌生人的友爱为怎么回事?

你是否明白那些转动着的眼珠所说的是些什么话?

七

这里便为灵魂的流露,

灵魂的流露经过凉亭掩蔽的大门,来自内部,永远在提出各种各样
  的问题,

为什么会有这种渴望? 这些黑暗中的思想为了什么?

为什么有些男人以及女人在靠近我时,阳光会令我的血液沸腾?

为什么他们离开我的时候欢乐的旗帜便会倒下、疲软?

为什么我从来都没有在它底下走过的树木却能够为我带来开阔而
  又美妙的思想?

(我想它们不管冬夏悬挂在那些树上面,并于我过路的时候总是落
  下果实;)

我这样突然同陌生人交换的是什么呢?

坐在赶车人身边的座位上,我同他交换的是什么呢?

---

① 颅相学上的名词,惠特曼用它来表示兄弟情谊以及友好关系的
某一种精神品质。

半路上，我停下来同岸边正在拉渔网的渔夫所交换的是什么呢？

是什么令我自由接受一个妇女和男子的好意？是什么令他们自由地
　　接受了我的好意？

八

灵魂的流露是幸福，这便是幸福，

我想它在空中弥漫，随时都在等候，

现在它又朝我们流来，我们正好为它所充实。

这里出现了那流动而又有依附力的特征，

那流动而又有依附力的特征便是男人以及

女人的清新与香甜，

（从它本身不停散发出的清新和香甜绝对不下于清晨的

芳草每天自它们的根须所散发出的清新以及香甜。）

朝着那流动而又有依附力的特征渗出来的是怀有

热情的老年与少年的汗水，

自它那里提取出的神秘的力量足够用来蔑视美貌和成就,
向它起伏的便是那战栗的企求接触的渴望。

九

走吧!无论你是谁,来与我同行吧!
与我同行你们便会发现不会疲倦的全部。

地球永远都不会疲倦,
开始地球是粗鲁、沉默且又不可理解的,开始"大自然"是粗鲁而又
　不可理解的,
不要灰心,继续向前,这里有神圣的东西隐蔽着,
我向你发誓,这里具有神圣的东西,
比语言所能形容的更为美丽。

走吧!不要停留在这里,
无论这里储藏的东西有多可爱,无论这所住房有多方便,
我们不会留在这里,
无论这个港口有多么能避风,无论这里的水面有多么平静,
我们绝对不要在这里下锚,
无论我们四周的主人有多殷勤,
也只可以让我们作短暂的周旋。

十

走吧!应该有更大的吸引力,
我们将航行在一望无际的惊涛骇浪中,
我们要去的是风吹浪打的地方,扬基式的快船①扯足了

风帆飞一般地前进。

走吧！带着威力，自由，大自然的能量，

轻蔑，健康，自尊，快乐，好奇；

走吧！离开所有的公式！

离开你们那些公式，啊，愚蠢而又拜物的僧侣。

那陈旧的腐尸将通道堵塞了——葬礼不能再等下去。

走吧！但要注意！

与我同行的人需要有最好的血液，耐力，肌肉；

不许参加考验，除非他或是她带来勇敢和健康，

假如你已经耗损了自己的精华便不要来这里，

只有躯体香甜而又坚决的才允许来，

患病的，酗酒的或是染上性病的不能够来这里。

（我与我的同伴自不用论证、韵律、比喻来试图说服，

我们所用的是自己的存在。）

十一

听着！我将对你毫不隐瞒，

我所给的不是陈旧并且润滑的奖品，我所给的是粗糙的新奖品，

你能过这样的日子：

你不会堆积起所谓的财富，

---

① 1830 至 1854 年间，美国造船者建造出的一种快速帆船，这种船的桅桁倾斜，船首突出，船身修长。

你会挥霍地将你全部的收获或是成就散播，

你只是抵达了那个指定的城市，在还没来得及彻底安顿下来时便会
　　听到无法抗拒的召唤让你离开，

你将要忍受那留下来的人们的嗤笑与嘲弄，

爱情向你招手的时候你的回答只能是在离别时的热烈亲吻，

你将不允许紧握人们朝你伸过来的手。

十二

走吧，去跟随那些伟大的"同伴"，成为他们中的一员！

他们也正在路上——他们是快速而又庄严的男人——她们是最为
　　伟大的女人，

海的宁静以及风暴的享受者，

曾经在很多船上航海的水手，走过很多英里陆路的步行者，

很多远方国家的常客，以及遥远住所的常客，

男人以及女人的信任者，孤独的劳动者，城市的观察者，

对着花朵、丛树、海滩上的贝壳的沉思者、留恋者，

新娘的亲吻者，婚礼舞的舞蹈者，孩子们的生育者，

孩子们的温柔帮助者，

叛乱的士兵，敞口坟墓的看守者，将棺材安葬入穴者，

季接一季，年复一年的旅行者，那些奇妙的年头，一年接着前一年出
　　现，

结伴的旅行者，同伴便是他们自己的不同阶段，

自潜在的还没有实现的婴儿时期开始的朝前踏步者，

体会着自己欢乐青春的旅行者，已经长出胡子并且已经长大成才的
　　旅行者，

早已成熟的妇女，无可比拟的，充裕而又知足的旅行者，

经过了男子或是妇女的庄严的老年时代的旅行者，

老年,平静而又开朗,同傲慢的宇宙的尺度同样宽阔,

老年,和美好的死亡将要带来的解放同样流畅。

十三

走吧,朝着那无始而又无终的路上走去,

需要历尽艰辛,白天前进,晚上休息,

将全部都融合到他们进行的旅行以及度过的日夜当中,

更要将它们融合到高尚的旅程开始的时刻,

不要随意看到任何东西,只看到你们可能达到而超越的东西,

不要设想某个时刻,无论还有多么久远,只设想你们能够达到而超
　　越的那个时候,

不要在随便的哪条路上东张西望,只要注意你们面前伸展、等待着
　　的那条,无论路有多长,它都在伸展着等着你们,

不要想看到某种存在,无论是上帝的或是什么其他的,但你们也向
　　着那个方向走去,

除去你们可能会占有的东西之外,不要想着占有其他的,享受那不
　　需劳动或是购买的一切,你享受的是整个筵席而不是那其中的一
　　脔,

对农民农庄上最佳的农田进行占有,富人的精致别墅,和睦夫妻的
　　纯洁祝愿,果园里面的果实以及花园内的花朵,

当你们路过的时候,自拥挤的城市中各取所需,

此后无论你们去什么地方都要带上屋宇以及街道,

在和人们相遇时自他们的头脑当中采集智慧,自他们的心中采集友
　　爱,

虽然你们将自己的情人留了下来,还是要带他们共同上路,

要认识宇宙自身便是一条大路,是很多条大路,是为那些正在旅行
　　的灵魂所开辟的大路。

为了让灵魂前进,一切都得让路,
一切宗教,物质的东西,技艺,政府,一切过去以及现在出现于这个
　　地球或是任何地球上的东西全会在灵魂沿着宇宙那庄严大路列
　　队前进的时候堕落进入壁龛以及角落。

在男人以及女人的灵魂沿宇宙的庄严大路前进的时候,所有其他进
　　程都是必要的标志以及支持。

永远都生气勃勃,永远都在前进,
庄严,肃穆,退缩,忧伤,疯癫,困惑,骚乱,怯弱,不满,
骄傲,绝望,钟情,患病,为人们接受,为人们排斥,
他们在走!在走!我知道他们在走,不过我不知道他们将要去什么地
　　方,
不过我知道他们在向最美好的方向前进——向某个伟大的目标。

无论你是谁,出来吧,无论你是男还是女,出来吧!
不要躲到房子内睡觉,将时光徒然耗去,虽然房子由你所造,
或是为你而造。

自黑暗的禁锢下解放出来吧! 自幔幕后面出来吧!
抗议没有用处,我清楚一切并且要将它揭穿。

已看透你同别人一样不妙,
自人们的嬉笑、舞蹈、正餐、晚餐当中,
在衣服以及装饰品里面,在那些洗净了又被修整过的面貌内部,
见到了一种暗藏着的沉默的厌恶以及绝望。

没有值得信任的丈夫,妻子以及朋友来听取那发自内心的倾诉,

另外一个自我,每人的复本,一直都在躲闪,

无形而又无声地经过了城里的街道,在客厅里面则是客气而又冷
　　漠,

在铁路上的车厢内,在汽船内,在公共集会场所,

到男人以及女人们的家中去,在餐桌旁,卧室里,不管在什么地方,

穿戴时髦,面带笑容,站得笔直,但却在胸骨的下面隐藏着死亡,颅
　　骨的下面隐藏着地狱,

呢绒以及手套下面,缎带以及人造的花朵下面,

依照惯例办事,一个字都不涉及事物本身,

什么话都能够说,但绝对不涉及事物本身。

十四

走吧! 通过奋斗与战争!
已经提出来的目标不能被撤回。

以往的斗争成功了吗?

什么成功了？你自己？你的国家？还是大自然？

现在请你听清楚——按照事物的本质规定，在任何一项成就实现时，无论是什么，都必然会出现某种东西令更加伟大的斗争具有必要性。

我的号召便是战斗的号召，我在培养积极的对抗，

与我同路的必须要尽量武装起来，

与我同路的经常会遇到简陋的饮食，贫穷以及蛮横的敌人和逃兵。

十五

走吧！大路就在我们的面前！

路是安全的——我早已试过——我的双脚曾充分试验过——不要
　　再次迟疑！

将那张纸放到桌子上并且不要在上面书写，令那本书留在书架上面
　　不要去翻阅！

令工具留在车间！令钱留在那里不要去挣！

令那学校在那里开设！不要去对教师的呼唤进行理睬！

让牧师在讲台上说教！让律师在法庭上申辩，让法官解释自己的法
　　律。

伙伴啊，我将手伸给你！

我给予你的是比金钱更加宝贵的友爱，

我在说教以及法律之前将自己交给你；

你会将自己交给我吗？你愿意与我同行吗？

我们这一生能够始终相互支持吗？

1856　　　　　　　　　　　　　　　　　　　　1881

一路横过布鲁克林渡口

一

在我下面滚滚而来的潮水！我面对面看到你！

西边的云彩——太阳在那儿还有半个小时才会落下——我也是面
   对面看到你。

那成群的穿着平时服装的男女啊，对于我来说，你们是多么的新奇！

在渡船上过河回家的乘客们啊，对于我来说，你们比想象的还更新
   奇，

而你们这些在以后的岁月里面还要自此岸到彼岸的人们，对于我来
   说，你们比想象的更加令我关切，更加在我的默念当中。

二

我的这份每时每刻都从所有事物当中提取出的无形食粮，

那单纯、紧凑而又衔接得非常好的结构，我是自那里脱离出来的一
   个，每个人都脱离，然而却都仍旧是这个结构的一部分，

以前的类似之处和未来的类似之处，

我走在街上和在过河时看见、听到的最为微细的事物，

像珠子所穿成的一连串的无上光荣，

那奔腾的急流随着我在远处游泳，

那些即将跟在我身后的其他人，我同他们之间的联系，

能够肯定的其他人，其他人的爱情，生活，听觉，视觉。

其他人将要走进渡口的大门，自此岸过渡到彼岸，

其他人会看到那滚滚的潮水在奔腾，

其他人会于西北方向看到曼哈顿的船舶，于东南方向看到布鲁克林
    的高地，

其他人则会看到大大小小的岛屿；

五十年之后，其他人会于摆渡的时候看到它们，太阳还有半个小时
    才会落下，

一百年或是好几百年之后，其他的人会看到它们，

会欣赏那夕阳，高涨的潮水奔腾而来，退却的潮水又回到了海里。

三

时间或是地点是无能为力的——距离也是无能为力的，

我同你们在一起，你们这代或者距今已有多少代的男人与女人，

正如同你们在望着那条河以及天空的时候所感受的，我也曾感受，

正如同你们每个人都是那些活泼的人群中的一员，我也曾是人群当
    中的一员，

正如欢腾的河以及它那明亮的流波令你们心旷神怡，我也曾心旷神
    怡，

正如你们站在那里靠着栏杆，却随急流匆匆离去，我也曾经站着并
    且匆匆，

正如你们望着船只那无数的桅杆以及汽轮的粗大烟囱，我也曾这样
    望着。

过去我也曾经一次又一次地渡河，

看着十二月的海鸥，看到它们在高空里平展着翅膀浮游，将身子摆
    动着，

看到黄色闪光是怎样将它们身躯的局部照亮，而将其余的部分留到
    浓重的黑影当中，

看到它们慢慢地一圈圈盘旋，又逐渐侧身飞往南方，

看到水中那夏日天空的倒影，

正在闪烁的一道道光柱令我两眼眩晕，

望着那被阳光照亮的水里那环绕了我头部的一圈离心放射的细密
    光环，

眺望着南方以及西南方山上的薄雾，

眺望着蒸汽，看着它就像羊毛似的飘飞着，略微带点紫色，

眺望着远方的海湾，注意着那些即将到达的船只，

看到它们渐渐靠拢，看到船上那些离我较近的人，

看到纵帆船以及单桅小帆船的白帆，看到那些停泊着的船只，

水手们在缆索间工作或是在外跨骑着圆木，

那些圆桅杆，那些正在摆动的船身，那些苗条得就像蛇一样的三角
    旗，

那些正在开动的大小轮船，那些操舵室内的领航员，

船只驶过的时候留下的白色浪花，轮轴在抖颤着快速转动，

各个国家的旗帜，于日落时分降了下来，

苍茫暮色中的扇贝形波浪，有的像带有长把的杯勺，正在嬉戏的浪
    峰在闪闪发光，

那远处的一片陆地变得越来越昏暗，码头旁边花岗石的仓库那灰色
    墙垛，

河面上那阴影密布的一堆，大个儿拖船以及两舷紧靠的平底船，干
    草船和迟来的驳船，

邻近的岸上为铸工厂的烟囱里面冒出的火苗,在高高燃烧着,

黑夜里分外刺眼,

同放肆的红色黄色亮光进行对照的是忽隐忽现的黑影投掷到房顶

上,又落在了街道的空隙处。

四

以前的这些以及其他一切对我来说,就像是它们目前对于你们一

样,

曾经我对那些城市和那条庄严而又湍急的河特别喜爱,

我所见过的男人以及女人对我都特别亲近,

别人也同样,现在他们回过头来望着我,正是因为我也曾瞻望过他

们,

(时机会到米,虽然今晚我住在这里了。)

五

那么还有什么在我们之间呢?

我们之间那几十年或是几百年的数字又算什么呢?

无论它是什么,都是无能为力的——距离无能为力,地点无能为力,

我也曾生活过,有着非常多的山峦的布鲁克林曾是我的,

我也曾经在曼哈顿岛大街上走过,曾经在它四周的海水内洗过澡,

我也曾经感受过那离奇而又突然发生的问题在我的胸中蠕动,

白天,人群当中,我有时候会想起这些问题,

深夜回家的路上或是睡在床上的时候我又会再次想起,

我也是自那永恒的液体浮动当中被铸造了出来①,

---

① 惠特曼经常认为物质是自某种永恒的液体"浮动"当中铸造出来的。

我也是通过自己的肉体才将自己的特性识别了出来，

我自自己的肉体懂得自己过去的存在，我将来会是什么样的，

也将会是通过自己的肉体。

六

斑斑黑影不仅是在你的身上才落下，

昏暗也曾经在我身上投下过黑影，

我的最大努力在我看来也似乎是空洞而又值得怀疑的，

我自以为是的伟大思想，事实上不也是非常贫乏吗？

也并非只有你才清楚什么是邪恶，

我这人也清楚什么是邪恶，

我也曾经编织过那个相互对立的古老的结，

随便胡说，臊得满面通红，怨恨、说谎、吝啬、盗窃，

怀着诡诈、淫欲、愤怒、不敢明说的邪念，

任性、贪婪、虚荣、浮浅、怯懦、狡猾、恶毒，

豺狼、蠢猪、毒蛇，我的性格当中不缺这些东西，

那些骗人的表情，轻薄的言辞以及通奸的欲念，都不短缺，

拒绝、仇恨、卑鄙、拖延、懒惰，不缺一样，

同其他人完全一致，过着与其他人同样的日子，冒着同样的风险，

看到我走近或是经过时年轻人的那响亮的声音以最短的名称召唤
    着我，

我站着的时候能够感觉出她们的手臂搁到我的脖颈上，我坐着的时
    候他们的肉体很随意地靠到我身上，

在街上、渡船上或是公共的集会场所我看到很多我喜爱的人们，但
    却没有同他们说过一句话，

与大家过着同样的生活，照例哈哈大笑，忍受着折磨，睡着觉，

所扮演的角色也便是那个男演员或是女演员所扮演过的,

是那个同样熟悉的角色,也便是我们随意创造的那个,

要多伟大就有多伟大,

要多渺小就有多渺小,或者是既伟大又渺小。

七

我又向你走近了一步,

现在,你对我所抱有的看法我也曾同样对你有过——我事先便有了
　贮备,

在你出生前我便已经长久而又慎重地对你进行过考虑。

谁清楚我能有多少觉悟呢?

谁清楚此刻我不正在享受此事呢?

谁清楚距离远,虽然你看不到我,此时我不正注视着你呢?

八

啊,对于我来说还有什么能够比得上为桅樯所重重包围的曼哈顿的
　威严壮丽呢?

还有什么能够比得上河流、落日以及涨潮时分的扇贝形波浪呢?

还有摇摆着身子的海鸥,薄暮时的干草船以及那迟来的驳船?

什么神灵能够赛过那些紧握我的手、当我走近的时候用我喜爱的声
　音时而又响亮,用最短的称呼叫我的人们呢?

将注视着我的脸的女人或是男人联结到一起的纽带,

那促使我现在便融化在你里面,又将我的心意倾注于你里面的动
　力,还有什么能够比这更微妙吗?

我们是理解的,不是吗?

虽然我没有明说但却已许下的诺言,你们不是已经接受了吗?

那经过研究却未曾学会——经过说教却未能完成的,也已经完成了,不是吗?

九

朝前流吧,河啊!和来潮共同奔流,和退潮共同退走!

冠状的扇贝形的波浪,继续游戏吧!

日落时那瑰丽的云朵!用你的华彩将我或是后来世代的男女浸透!

自此岸摆渡到彼岸吧,无以计数的成群的乘客!

站起来吧,那高高耸立的曼纳哈塔桅杆!站起来吧,那布鲁克林的美丽群山!

跳吧,迷惘又好奇的大脑!请将问题和答案抛出!

在这里以及无论哪里都暂停吧,液体的永恒的流动!

凝视吧,多情而又饥渴的眼睛,在屋内或是街上,或者公共集会的场所!

试一下声带吧,青年人的声音!响亮,像音乐一般在用最短的名称召唤我!

继续生活吧,古老的生命!去扮演那个男女演员所扮演过的角色!

去扮演那个熟悉角色吧,那个能够随意令之伟大或是渺小的角色!

考虑考虑吧,我的读者们,我是否还能够不知不觉地对你们进行注视呢;

坚定些吧,俯瞰河流的栏杆,以便将那些闲适地倚靠着你的人托住,虽然他们也在随急急的流水行进!

继续飞吧,海鸟!侧身飞,或是在高空绕着大圈盘旋;

接受夏日的天空吧,流水啊,拥抱着它,忠实地,直到全部低垂着的眼睛能够从容地自你那里将它取走!

细密的光轮啊,请从我或者别人的头上离开,将自己散布到日光所照耀着的水面上吧！

前进吧，停泊在远处港湾里的船只！上下开动吧，鼓着白帆的纵帆
　　船，小帆船和驳船！

得意地迎风招展吧，世界各个国家的旗帜！日落时一定要照旧降下！

让火苗高高地燃烧吧，铸工厂的烟囱！于夜间投掷黑影吧！

将红色和黄色的光抛到屋顶上！

表面现象啊，无论在当前或是今后，请将你的真相指明，

你这不可或缺的薄膜啊，请继续将灵魂包裹，

请为了我于我的身体四周，为了你于你的身体四周漂浮起我们最为
　　圣洁的芳香，

开始繁荣吧，都市——带上你们的货物，带上你们的展品，

宽广而又富足的河流，

扩充吧，或许这种存在便是最富有精神价值的了，

将你们的地位保持住吧，你们是最能持久的物体了。

你们曾等候过，你们一直都在等候着，你们这些沉默而又美丽的使
　　者，

我们最后将思想解放了接待你们，并且今后将永远都不会满足，

你们也不可能再令我们迷惑或是拒绝同我们接近，

我们要使用你们，绝对不将你们弃置到一旁——我们将要把你们
　　永远栽植在我们的心中，

我们无法测透你们的高深——我们爱着你们——你们也具有完美
　　的部分，

你们为了永生作出了自己的贡献，

不管是伟大还是渺小，你们都为灵魂作出了贡献。

1856　　　　　　　　　　　　　　　　　　　　　1881

欢乐的歌声

啊,带着欢乐的心情歌唱啊!

歌中充满了音乐——充满了男子气概,妇女本色以及婴儿特征!

充满了日常事务——充满了谷物以及树木。

啊,对动物进行歌唱的声音——啊,对鱼类的敏捷以及平衡进行歌
  唱!

啊,在一首诗里面对雨点的淅沥进行歌唱!

啊,在一首诗里面对阳光以及波浪的活动进行歌唱!

啊,我精神的欢乐——闯出了牢笼——它像闪电那样飞蹿!

只有这个地球或是某段时间是不够的,

我需要千万个地球以及所有的时间。

啊,司机的欢乐! 同火车头共同前进!

听着那蒸汽的嗞嗞声,欢乐的尖叫声,汽笛的鸣响,

欢笑着的火车头!

一路上毫无阻力地前进,迅速地消失在远方。

啊,欢畅地于田野与山腰间信步!

最平凡的杂草上的叶以及花,树林里面潮湿而又清新的寂静,

拂晓时分大地的清香,将整个上午都香遍了。

啊,骑马的男子以及骑马的妇女们的欢乐!

鞍座,疾驰,附在马背上面的压力,耳畔已经发际所吹过的阵阵冷

　　风。

啊,救火员们的欢乐!

我于深夜里听见了警报,

我听见了钟声和喊叫声! 我赶在人堆的前面飞奔!

看见了火苗令我欣喜若狂。

啊,那膂力强壮的决斗者的欢乐,于最佳状态中昂然挺立在竞技场

　　上,自信而又有力,渴望同他的对手遭遇。

啊,天生拥有无尽同情心的欢乐,这份同情心仅有人的灵魂才能够

　　滔滔不绝、没有穷尽地产生并且流露出来。

啊,做母亲的欢乐!

坚持着,守护着,又疼爱,又痛苦,那耐心献身的一生。

啊,繁殖,成长以及复原的欢乐!

抚慰以及和解的欢乐,协调以及融洽的欢乐。

啊,返回我出生的地方,

再次听到鸟儿们的歌唱,

再次在住房以及谷仓四周以及田间散步，

再次穿过果园沿那些古老的小巷。

啊，海湾里，礁湖畔，小河边或是沿着海岸长大，

毕其终生住在那里并工作下去，

海盐以及潮湿的气味，沿岸以及水浅时所露出的海草，

渔夫们的作业，拾蛤蜊和捕鳗鱼者的作业；

我拿着拾蛤蜊的钉耙以及铲子前来，带着鳗鱼叉前来，

潮水已退了吗？我到浅滩上同那群拾蛤蜊的人在一起，

我同他们在一起欢笑、工作，我像个精神饱满的青年一样工作的时
　候有说有笑；

冬天，我带着鳗鱼篓以及鳗鱼叉在冰上一路走下去——我有一柄用
　来在冰上凿洞的小斧，

请看我穿戴整齐、兴高采烈地外出，又于下午回来，我那伙能够吃苦
　的少年陪伴着我，

我那伙早已长大以及还未长足的少年最愿意同我在一起，胜过同别
　人，

白天与我共同劳动，晚上与我在共同睡觉。

有一次天气非常暖和，我坐着船外出，去对那些用重石块浸泡于水
　中的龙虾篓子进行提取，因为我知道浮标在哪儿，

啊，日出之前我乘船向浮标划去，水上那五月份的清晨是多么的甜
　美，

我歪斜着将那些柳条编的鱼篓提起来，在把这些深绿色的龙虾拿出
　来的时候，

它们拼命舞动着钳子，我将木钉插入了它们巨螯的关节之处，

一个接一个地方，我去了全部地方，然后便又划着船回到了岸边，

一大壶滚烫的开水，龙虾在里面将要烧煮，直到颜色变成了鲜红。

还有一次捕鲭鱼，

这些鱼儿因为贪吃，急于上钩，游近了水面，多少英里的河水里面似
　乎到处都有鱼；

还有一次在切萨皮克湾捕岩石鱼，我便是脸色黑红的船员中的一
　个；

又有一次对离鲍玛诺克不远的鲭鱼进行跟踪，我笔直地站着，

用左脚踏着船舷，右臂远远地撒出一圈一圈细细的绳索，

我的眼前是五十条轻舟在迅速地变换着方向四处突进，它们便是我
　的同伴。

啊，在河上划船，

沿圣劳伦斯河顺流而下，众多的汽艇，绝妙的风景，

船只在航行，经过了千岛，偶尔有木筏以及手操长桨的筏夫，

筏上面的小屋，黄昏时候的炊烟。

（啊，一种危险而又可怕的东西！

一种同孱弱而又虔诚的生活没有丝毫相干的东西！

一种从未被证实过的东西！一种还处在麻木昏睡当中的东西！

一种逃脱出铁锚的拘束而在自由驰骋的东西。）

啊，到矿上劳动，或去炼铁，

在铸造厂内铸铁，铸造厂本身，那简陋又高耸的屋顶，那宽广又阴暗
　的空间，

熔炉内，熔液在外流并且奔泻着。

啊,重新恢复作为士兵的欢乐!

再一次感受一位勇敢司令员的实际存在——感受到了他的同情!

见到他的安详——于他微笑的光芒当中感到温暖!

奔赴战场——听见鼓声咚咚,号角吹响!

听到大炮的轰鸣——自阳光下面看到闪亮的刺刀以及枪筒!

看到人们倒地而死,却毫不埋怨!

舔尝鲜血的野蛮味道——同恶魔一样!

看着敌人的伤亡幸灾乐祸。

啊,捕鲸者的欢乐! 我又来到了旧地乘船巡游!

我感觉到了脚底下船的簸动,我感觉到了大西洋的微风正在向我轻
　　扇,

我又听到自桅顶那面传过来的呼叫声,"看啊——鲸鱼喷水了! "

我又缘索而上同别人一起观看——随后我们下来,兴奋得发狂,

我跳进了放下来的小船中,划到了我们猎物的所在地,

我们偷偷地行进,我看到那高山一般的庞然大物,

正在懒懒地晒太阳,

我看到那手执鲸叉的人站起身来,我看到兵器自他那矫健的手臂飞
　　出;

啊,那受了伤的鲸鱼还在急速地向着远洋处游去,沉入了海中,又拖
　　拉着我顺风而驶,

我又看到它抬起身来进行呼吸,我们又朝着它划去,

我看到一支长矛插在了它的肋下,戳得很深,还在伤口里面转动,

我们便又后退,我看到它再次沉入海中,生命在迅速地离它而去,

在它出水的时候它喷吐着鲜血,我看到它所游着的圈子正在逐渐缩
　　小,

在飞快地对水面进行着切削——我看到它死去，

它自旋涡中心抽搐着进行了一次腾跳，然后便平卧在了血染的泡沫

　　当中一动不动。

啊，昔日我那男子气概，是我最为崇高的欢乐！

我的儿女以及孙辈，我的白发以及胡须，

在我那漫长的生命当中所出现的宽宏，镇静以及庄严。

啊，妇女原本便具有的那份成熟的欢乐！啊，幸福终于得到了！

我已经八十有余，是那最受尊敬的母亲，

我的头脑是多么的清醒——众人同我又是多么的亲近！

这种前所未有过的吸引力是什么？什么样的花朵能够比得上青春的

　　花朵？

那落在我的身上、又自我的身上所出现的是什么样的美？

啊，演说家的欢乐！

将胸膛挺起，自肋骨以及喉头滚出雷一般的声音，

令人们同你自己共同愤慨，哭泣，渴望，仇恨，

引导着美利坚——用那伟大的如簧之舌去将美利坚征服。

啊，我的灵魂在稳稳地依靠着它自己的那份欢乐，自物质得到个性

　　而又爱好物质，对人物进行着观察而又从中有所汲取，

通过视觉，听觉，触觉，发声，理性，比较，记忆等，我的灵魂又颤动着

　　回到了我自己，

我的感官以及肉体的真实生命超出了自己的感官以及肉体，

我的身体不需要物质，视觉也不需要物质的眼睛，

今天没有必要苛求便已经证明，最后令我看到的不是那双物质的眼

睛，

更不是我那物质的肉体才最终令我爱，令我走路，欢笑，拥抱，

叫喊，繁殖。

啊，农夫的欢乐！

伊利诺伊人、俄亥俄人、威斯康星人、加拿大人、俄勒冈人、艾奥瓦

　人、密苏里人、堪萨斯人的欢乐！

在天微明的时候起床，轻捷地走出去进行劳动，

秋天耕田准备冬天播种，

春天耕田以便能够种上玉米，

秋天里对果园进行修整，并且嫁接、收摘苹果。

啊，在游泳池或是沿岸找个好的地方洗澡，

啊，泼溅着的水！齐脚踝没到水里面走路，或是赤着身子沿岸快跑。

啊，充分认识空间到底有多大！

一切都不受限制，很富裕，

走出来同天空，太阳，月亮以及飞着的云彩合而为一。

啊，一个男子有充分的自我意识的欢乐！

绝对不会卑躬屈节，绝对不会言听计从，不管是知名的或是不知名

　的暴君，

挺直了腰板走路，步子轻盈而又有弹性，

目光宁静，或是目光闪闪，

用饱满而又洪亮的声音说话，自宽广的胸间发出声音，

让天下全部的人的性格都对你的性格进行正视。

你清楚青年人的无与伦比的欢乐吗？

亲密的伙伴、快乐的谈话以及笑脸的欢乐？

白天的快活而又明亮的欢乐，敞开胸怀进行游戏的欢乐？

美妙乐声的欢乐，灯火辉煌的舞厅以及舞伴的欢乐？

丰富的筵席以及开怀畅饮的欢乐？

不过，啊，我那无比高尚的灵魂！

你清楚深沉思虑的欢乐吗？

那自由并且孤独的心、那温柔并且忧郁的心的欢乐？

那孤单走路，精神低沉但又高傲，有痛苦也有斗争的欢乐？

论战的痛苦，不分昼夜进行慎重思考的欢乐？

当想到"死亡"，"时"与"空"那些巨大的范畴时的欢乐？

更好、更加崇高的爱的理想，神仙一般的妻子，甜蜜、永恒而又完美
　　的伙伴带来的能够预兆未来的欢乐？

全部属于你自己的那不死的欢乐，啊，灵魂，那同你相匹配的欢乐。

啊，假如我活着就应该是生活的主人不是奴隶，

应当作为强大的胜利者去对生活进行迎接，

不发怒，不烦闷，不埋怨或是提出轻蔑的批评，

在空气、土地以及水的庄严法则面前对我内心的灵魂坚不可摧进行
　　证明，

任何外在的事物都不可能将我支配。

我所讴歌的不只是生的欢乐，我还要进行重复——死的欢乐！

遇到"死亡"的美丽触动，短时间内感觉到安慰以及麻木，

是有理由的，

我将我粪土般的肉体抛弃了，让它烧化，或是碾成细粉，

或是埋入土内，

我真正的肉体却无疑是会留给我去参加另外一些领域的，

对我来说，那已经空虚的躯壳已经毫无意义，经过净化，将会承担其
　他的任务，为大地永久利用。

啊，只有比吸引力更强大的力量才能够吸引！

我不清楚为什么如此——然而看哪，有某物不听命于其他，

它从不防御，它进取——不过它的吸引力又是多么的大啊。

啊，寡不敌众的时候努力奋斗，无畏地对敌人进行迎接！

完全孤立地对他们进行迎接，试试单独一人能够坚持多久！

迎上去面对斗争，监狱，酷刑，以及舆论的谴责！

登上了断头台，毫无畏惧地上前去面对枪口！

成了一个真正的"上帝"！

啊，乘船去出海！

离开这安稳而又不堪忍受的陆地，

离开这惹人懊恼的、千篇一律的街道、人行道以及房屋，

离开你，啊，你这凝固不动的陆地，登上一条船，

航海，航海，去航海！

啊，让生活自此成为一首诗，歌唱出崭新的欢乐！

跳舞，雀跃，拍手，呼喊，跳跃，欢蹦，向前翻滚，继续漂荡！

做一个世界水手，驶向所有港口的世界水手，

简直就是一条船，（请看我的那些在太阳以及空气当中张开的帆
　篷，）

一艘装足了丰富词句和快乐的饱满的快艇。

1860　　　　　　　　　　　　　　　　　　　　1881

旋转着的大地之歌

一

一支旋转着的大地以及相应的词汇之歌，

你承认那些直线,那些曲线、棱角以及黑点便是词汇吗?

不,那不是词汇,实质性的词汇都在地下以及海里,

它们在空气里,和你灵魂里。

你承认那些出自你朋友口中的美妙声音便是词汇吗?

不,真正的词汇比这些更为美妙。

人的肉体才是词汇,才是数不清的词汇,

(最好的诗歌里面男人或是女人的肉体重新出现,形态美好,欢快而
    又自然,

每部分都有能量,都活跃,反应灵敏,并且毫不感到羞耻。)

空气,土壤,火,水——那是词汇,

同它们一样,我自己便是一个词——我们的特性彼此渗透——对于
    他们来说,我的名字毫无意义,

即便用三千种语言进行表达,空气、土壤、火,水,会懂得我名字的哪
　　点呢?

健康的仪表,友好或是权威性的手势,才是词汇,含义,格言,
只要是某些男人与女人的相貌所固有的魅力,便也是格言以及
　　含义。

灵魂的巧夺天工就是凭借这些大地的无声词汇,
那些大师们熟悉大地的词汇,并使用它们多于使用那些能够听得到
　　的词汇。

"改善"便是大地的词汇之一,
大地不滞留也不急进,
一开始它自身中便潜伏着各种各样的属性,生长技能和效益,
它不仅是美的一半,并且缺点以及赘疣也同优点一样表现无遗。

大地够慷慨,它并不保留,
世界上的真理一直都在等候,它们也并不是特别隐晦,
他们镇静而又微妙,非印刷字体所能够传达,
他们将万物渗透,非常愿意对自己进行传播,
传播着一种感情以及邀请,我再三进行申述①,
我没有说话,不过你们如果没有听见,我对于你们来说又有什么用
　　呢?
不承担,也不改善,那我还有什么用呢?

_____

① 申述并不是指用语言进行申述。

（那些怀孕的！快点生产吧！

你要将自己的果实留在体内直至腐烂吗？

你愿意蹲在那里令自己窒息吗？）

大地并不争辩，

也不感伤，也没有安排什么，

它从来都不刺耳地号叫，匆忙，承诺，说服，威胁，

它都一视同仁，也没有什么能够想象的失败，

没有封闭什么，排斥什么，拒绝什么，

而是全部力量，事物和情况都予以通报，从不排斥。

大地并不展示自己但也不拒绝展示自己，它的外表下面还有内容，

表面的声音下是英雄们庄严的合唱以及奴隶们的哀号，

情人们的彼此说服，垂死者的诅咒以及残喘，青年们的欢笑，

议价者们说话的腔调，

在这些下面便是那永不落空的词汇。

对于儿女们来说那雄辩而又缄默的伟大母亲的词汇是不可能落空
　　的，

真实的词汇从不落空，这是因为运动和映象①都不会落空，

白天以及黑夜也不会落空，我们所踏上的航程也不会落空。

那些无法数清的姐妹们，②

----

① 世上的物体全是大地的映象。

② 姐妹以及无休止的舞蹈全都是指各种各样的星体；"我们所熟悉的漂亮姐姐"则指的是大地。

姐妹们的无休止的轻快舞蹈，

那向心以及离心的姐妹们，那年长以及年轻的姐妹们，

那位为我们所熟悉的漂亮姐姐在同其余的人继续跳舞。

她那丰腴的背对着每个观舞的人，

具有青春的魅力也同时具有老年的魅力，

她安详地坐在那里，我也同别人那样热爱她，

她手里举着像一面镜子似的东西，她的两眼自镜中向她望着，

她坐在那里，不时地投以一瞥，不邀请谁，也不拒绝谁，

日夜不知疲倦地将一面镜子举在面前。

在近处或是远处看，

每天二十四小时照例公开出现，

照例与他们的很多同伴或是其中的一个走近又走远，

不是自他们自己的脸部超前观看，而是自同伴们的脸部，

自孩子们或是妇女们的脸部，或是男子汉的脸部，

自动物们那开阔的脸部，或是自无生命的事物，

自景物或是江河或是天空所出现的美妙幻影，

自我们的脸部，我的以及你的，忠诚地对他们进行着反映，

每天都保险公开出现，但是与什么同伴则绝对不会重复。

环绕着人，环绕着一起，一年三百六十五天丝毫没有抵制地环绕着
　　太阳向前进；

环绕着一切，安抚、支持、紧跟着同第一天一样的三百六十五天，同
　　它们一样可靠并且必要。

稳定地朝前翻滚，丝毫都不惧怕，

永远地抵御着、经历着、运载着阳光、冷、热和风暴，

仍旧继承着灵魂的觉醒以及决心，

仍旧进入并且划分着四周以及前面那正在流动的真空，

没有任何障碍推迟她前进，没有将铁锚抛下，没有触撞到岩石，

欣喜，快速，满足，毫无损伤，没有将什么丢失，

能够并且准备随时将一切都交代清楚，

神圣的船只于神圣的海面上航行。

二

无论你是谁！运动以及反照都是特别为你，

神圣的船只为你在神圣的海面上航行。

无论你是谁！是男还是女，大地都是为你而成为了固体或是液体，

太阳以及月亮在空中高悬是为了你这个男人或是女人，

现在以及过去不是为别人，而是为你，

不朽不是为别人，而是为你。

每个男人对他自己所说的，每个女人对她自己所说的是过去以及现

    在的这个词，还有不朽这个真实的词；

没有谁能够代替别人取得什么——绝对没有，

没有谁能够代替别人成长——绝对没有。

歌曲是对歌手而言的，唯有他最能够回味，

教诲是对为师者而言的，唯有他最能够回味，

谋杀是对凶手而言的，唯他最能够回味，

盗窃是对小偷而言的，唯他最能够回味，

爱情是对情人而言的，唯他最能够回味，

礼物是对馈赠者而言的，唯他最能够回味，

演说是对演说者而言的，表演是对男女演员而言的，而不是对观众，

除非是属于自己的,或者指明是他自己的,没有谁会懂得什么叫做
　　伟大或是善良。

三

我敢说对于那即将成为完整的男子或是妇女来说,大地也肯定将会
　　是完整的,
只对于那始终都是支离破碎的男子或是妇女来说,大地才始终都是
　　支离破碎的。

我敢说假如不向大地的伟大或是力量看齐,便不可能有伟大以及力
　　量,
除非能够进一步确证大地的理论便不会再有任何有价值的理论,
除非能够同大地的宽厚比美,便不可能成为有价值的政治,诗歌,行
　　为,宗教,等等,
除非它能够正视大地的准确性,无私,活力和正直。

我敢说自己已经开始意识到了爱的激情比对爱所作出的反应更为
　　甜蜜,
他能够将自己控制住,既不邀请也不拒绝。

我敢说自己已经开始意识到在耳朵所能够听见的词汇当中没有任
　　何内容,甚至毫无内容,
全部都融合到了大地所没有说出的含义当中,
融合在那对肉体以及大地的真理进行歌唱的歌手身上,
融合在那些制造辞典的人的身上，这种词汇是印刷体所不能望尘
　　的。

我敢说自己已经认识到了还有比将最好的话都说尽还要好的事情，

那便是永远将最好的话留下来不说。

在我们打算将最好的话说出来的时候我发现自己并不能如此，

我的舌头在自己的枢轴上面转动不灵，

我的呼吸器官不再听从使唤，

我成为了一个哑巴。

大地的绝妙之处是无论怎样都说不出来的，全都是绝妙，

它不和你所预期的相同，而是比较低廉，容易贴近，

事物没有自原地被遣散，

大地还是像从前那样肯定而又直接，

事实、宗教、政治、进步、各行各业仍旧同以前一样实际存在，

不过灵魂也实际存在着，它肯定而又直接，

它的确立并不是依靠推理以及证据，

无可否认的日益成长才令它得以确立。

四

它们必须对灵魂的音色以及词句进行反映，

（假如灵魂的词句不能将他们的共鸣引起，那它们又算是什么呢？

假如它们同你没有特殊联系,那它们又算是什么呢?)

我发誓从今以后再也不相信必须将最好的话说出来,
我只相信应该将最好的保留着不说。

说下去吧,说话的人! 唱下去吧,歌唱的人!
挖掘! 塑造! 将大地的词汇堆积起来!
一代代地工作下去吧,绝对不会徒劳,
或许需要等待很久,但一定会被采用,
在材料全都准备好的时候,建筑师便会出现。

我敢同你保证建筑师肯定会出现,
我敢同你保证他们会对你表示理解,并且进行论证,
他们中最伟大的应该是那对你最了解的,他包罗并且忠于一切,
他同其他人绝对不会忘记你,他们会懂得你丝毫都不比他们差,
即便是一点点,
他将因为他们而受到充分的表彰。

1856   1881

候鸟

开拓者！啊，开拓者！

来吧，我那些被晒黑了脸的孩子们，

排好队，准备好武器，

带着你们的手枪呢吗？带着你们锋利的斧头呢吗？

开拓者！啊，开拓者！

由于我们不能耽搁在这里，

亲人们，我们必须前进，我们必须承担风险，

我们都是年轻而又肌肉发达的人种，全部其他的人都依赖我们！

开拓者！啊，开拓者！

啊，年轻人，你们这些西部的年轻人，

如此沉不住气，浑身都是行动，浑身都是男子的傲气以及友谊，

我清楚地看到你们，西部的青年，看到你们在最前列踏着大步向前
  行，

开拓者！啊，开拓者！

那些年长的人们已经停止前进了吗？

他们精神委靡不振、结束了自己的学习，于大海那面倦怠了吗？

让我们来将这个永久性的任务,这个重负和功课负担起来吧,

开拓者!啊,开拓者!

我们将过去的全部都抛到身后,

我们在一个更新、更加强大以及多样化的世界上出现,

我们活泼而又有力地一把将这个世界,这个劳动以及进军的世界抓

　　住,

开拓者!啊,开拓者!

我们经常会派遣分队,

走到悬崖峭壁下面,穿过山间小路,直登上高峰,

在陌生的道路上征服着,占领着,冒着风险,壮起胆子,

开拓者!啊,开拓者!

我们对原始森林进行砍伐,

将河流堵塞,一个劲儿地深入钻探地内的矿藏,

我们对广阔的地面进行着测量,将处女地掀翻,

开拓者!啊,开拓者!

我们为科罗拉多人,

来自于巍峨的峰顶,来自于巨大且又峰峦起伏的山地以及高原,

来自矿山和沟洫,来自猎手们走过的小道,

开拓者!啊,开拓者!

来自内布拉斯加以及阿肯色,

我们来自密苏里,是中部的内地人,大陆的血浆在我们的体内交流

　　着,

紧握着全部伙伴们的手，全部的南方人以及北方人，
开拓者！啊，开拓者！

啊，无法抗拒但又不知道休息的民族！
啊，到处都惹人喜欢的民族！啊，我的胸脯在隐隐作痛，因为温柔地
　　爱恋着一切人！
啊，我悲哀而又欣喜，我全心全意地爱着所有的人，
开拓者！啊，开拓者！

将那强大的充当母亲的主妇扶起，
高高地将那柔弱的主妇挥动，让她将所有星光灿烂的主妇超越，（你
　　们大家都低下头吧，）
将那长着利齿的勇武主妇扶起，那严厉、冷静而又带着兵器的主妇，
开拓者！啊，开拓者！

请注意吧，我的孩子们；我的坚毅的孩子们，
　　对于那些在我们后方拥挤的人群我们绝对
不能投降或是犹疑，
　　多少代之前的千万个幽灵自我们背后皱着
眉头在对我们进行着怂恿，
　　开拓者！啊，开拓者！

严密地组织起来的队伍不停地向前进，
　　预备增加的新成员在永久地等候着，死者
所留下的位置很快便被　补上了，
　　经历了战斗和失败，还在运动，从不止息，
　　开拓者！啊，开拓者！

啊,于前进中死去!

在我们中间有因凋谢而死去的人吗? 到了时间了吗?

那么死在前进途中是最为合适的了,很快空隙便被补上!

开拓者! 啊,开拓者!

世上的所有脉搏,

都联合起来在为我们而跳动,伴随着西去的运动在跳动,

有时候单独,有时候结合,坚定地朝着前方移动,全都是为了我们,

开拓者! 啊,开拓者!

生活当中那些复杂而又多样的盛大场合,

所有形式以及表现,所有正在工作的工人,

全部懂得以及不懂航海的人们,全部的主人以及他们的奴仆,

开拓者! 啊,开拓者!

全部不幸而又沉默的情人，

全部监狱内的囚犯，全部正直而又恶毒的人们，

全部欢乐的、忧伤的、全部活着以及垂危的人，

开拓者！啊，开拓者！

我也联合了我的灵魂以及肉体，

我们，古怪的三个，在漫游着，寻路而行，

将这些阴影下的河岸穿过，鬼影越逼越紧，

开拓者！啊，开拓者！

看啊，那飞射着并且滚动着的星球！

看啊，四周那些兄弟星球，全部那些一簇簇的恒星以及行星，

全部那些令人眼花缭乱的白昼，全部那些多梦的神秘黑夜，

开拓者！啊，开拓者！

这些全都属于我们，它们同我们在一起，

全都为了首要而又必要的工作，后来者自胚胎状态中进行等候，

我们在对今天的行列进行着领导，我们在对前进的道路进行着清
　理，

开拓者！啊，开拓者！

你们这些西部女儿！

啊，你们这些年轻以及年长的女儿！你们这些母亲以及妻子！

你们千万不能分裂，你们要在我们的队伍内联合行动，

开拓者！啊，开拓者！

草原中潜伏着的歌手！

（裹着尸衣的异邦诗人，你们能够休息，你们的工作早已结束，）

不久我听到你们唱着歌儿来了，不久你们在我们的中间站好并且踏
　　着大步前进，

开拓者！啊，开拓者！

不为甜蜜的享乐，

不是靠垫以及便鞋，不是安逸以及勤学，

不是为安全而又寡味的财富，不是为平淡的进行欣赏，

开拓者！啊，开拓者！

饕餮的人们还在开怀畅饮吗？

痴呆肥胖的寻梦者还在睡着吗？他们将屋门全部锁上并且扣上了
　　吗？

我们的饮食依旧粗劣，毛毯还在地上铺着，

开拓者！啊，开拓者！

夜幕已经降临吗？

最近的路上还很艰苦吗？在路上，我们打着瞌睡、懊丧地停住脚了
　　吗？

我还能够让你们在半路上暂停一会儿，暂忘一切，

开拓者！啊，开拓者！

一直到喇叭吹响，

远远地报着天明——听啊！我听到它吹得响亮而又清晰，

快！走到队伍的前面！——快！跳跃着找到自己的位子，

开拓者！啊，开拓者！

1865　　　　　　　　　　　　　　　　　1881

海
流

来自正在不停摆动的摇篮那边①

来自于正在不停摆动的摇篮那边，

来自于学舌鸟的喉咙，穿梭般的音乐，

来自于九月的午夜，

在那片不毛的沙地以及远方的田野里，那个孩子自床上起来，

独自一人慢慢在游逛，他光头赤脚，

在阵雨一般洒落的月晕下面，

上面有阴影神秘地在游戏，互相纠缠，就像活的东西，

在有荆棘以及黑莓生长的小块土地上，

自那对着我歌唱的小鸟的回忆当中，

自你的回忆当中，忧愁的兄弟，自我听到的忽高忽低的阵阵歌声当
　　中，

自那很迟才升起、又好似饱含着眼泪的半轮金色月亮下，

自那在迷雾中所唱出的怀念以及爱恋的初始的几个音符当中，

自我心中所发出的、从来都不停歇的一千个答复当中，

自那由此而被唤起的无数个词句当中，

自那比任何一个都要更强烈而又甜美的词汇当中，

自它们现在便又开始重访的那个场地，

---

① 这首诗采用歌剧形式。

就好像一群飞鸟,高飞着,鸣啭着,或是自头上经过,

趁一切还都没有自我身边滑过之前,匆忙负载到这里而来的,

是个成年男子,然而由于流了这许多泪,便又成了一个小男孩,

我将自己的全身都扑倒在了沙滩上,面对着海浪,

我,痛苦以及欢乐的歌手,今世与来世的统一者,

所有暗示全都接受了下来,并加以利用,但又飞速地将这些跃过了,

对一件往事进行歌唱。

从前在鲍玛诺克,

当空中飘着丁香的芬芳并且五月草又正在生长的时候,

就在这一带的海岸的荆棘丛中,

两位披着羽毛,来自亚拉巴马的客人,双宿双飞,

还有它们的窝,和四个浅绿色的、带有褐色斑点的卵,

每天雄鸟都在近处飞来飞去,

每天雌鸟都默默地趴伏在巢里,闪着它那明亮的眼睛,

每天我,这个好奇的孩子,从来都不走得太近,从来不去惊动它们,

只是小心仔细地察看着,汲取着,转译着。

照射吧! 照射吧! 照射吧!

伟大的太阳,将你的温暖倾倒吧!

我们两个正好在一起取暖。

两个在一起!

风向着南方吹去,风向着北方吹去,

白色的白天和黑色的黑夜都来了,

家乡,或是来自家乡的河流以及山脉,

一直都在歌唱,忘记了时间,

我们两个厮守在一起。

不过突然，

也许是被杀害了，她的伴侣不知道任何事情，

一上午那雌鸟都没有再趴伏在巢内，

下午也没回来，第二天也没有，

自此便再没有出现。

在此之后的整个夏天，都处于海涛声中，

夜间，在气候比较平静时的满月下，

在波涛嘶哑而又汹涌的海上，

或是于白昼在荆棘丛内飞来飞去，

我有时看到并听到那只留下来的雄鸟，

那个来自亚拉巴马的孤单客人。

吹啊！吹啊！吹啊！

沿着鲍玛诺克岸边使劲吹啊，海风；

我等了又等，在等你将我的伴侣吹到我的身边。

是的，星星闪闪发光时，

整个晚上都在一个满是苔藓的木桩上，

差不多就在撞击着的浪花当中，

坐着那孤单而又奇妙的歌手，它催人泪下。

他在呼叫自己的伴侣，

他所倾倒出来的含义只有众人中的我能够理解。

是的,我理解,我的兄弟,

其他人或许不能,不过我一直都珍惜着每一个音符,

因为我在昏暗当中不止一次地悄悄走到海滩上,

默默地,避着月光,让自己同阴影交融到一起,

此时还能够将那些模糊的形体、回声、情景以及各种回声记起,

巨浪将它的白臂膀伸出在不倦地进行挥动,

我,一个光着脚的孩子,被海风吹动着头发,

听了非常久。

我听是为了牢记和歌唱,现在又在对那些音符进行转译,

依照你的原意,我的弟兄。

抚慰! 抚慰! 抚慰!

紧随在后面的后浪对前浪进行着抚慰,

后面又来了一个浪头,轻拍着,拥抱着,一个紧接着一个,

不过我的爱却没有令我安宁,没有。

月亮悬挂在天边,低低的,它升起得非常晚,

它走得很慢——啊,我想这是因为它肩负着爱的重荷,爱的重荷。

啊,大海正在疯狂地向陆地上涌,

满怀着爱,满怀着爱。

啊,黑夜! 难道是我看到了我的爱侣飞在那些浪头中间?

我看到的那白色中的小黑点是什么东西?

大声! 大声! 大声!

我在大声地对你进行着呼叫,我的爱侣!
高昂而又清晰,我将自己的声音越过波浪抛掷了出去,
你一定清楚是谁在这里,在这里,
你一定清楚我是谁,我的爱侣。

悬挂得很低的月亮;
你那黄褐色上的黑点是什么东西?
啊,是形体,我伴侣的形体!
啊,月亮,不要再将她留住不放。

陆地! 啊,陆地!
无论我转向什么方向,啊,我想你可以将我的伴侣还给我,
只要是你愿意,
因为我差不多能够肯定自己已经朦胧地看到了她,无论我向什么
  方向张望。

啊,那正在升空的星星!
或许我所渴想的那个也会升空,会随你们中的几个升上天空。

啊,歌喉! 正在颤抖的歌喉!
穿过了大气层,声音分外清脆!
穿透树林和大地,
在某地力求听到你的,必是我所想望的那个。

将歌声扬起吧!
这里非常寂寞,夜晚的歌声!
死亡的歌声! 孤独的爱的歌声!

在那缓步的,金色残月下面的歌声!
啊,在将要沉入大海的月亮下!
啊,不顾一切的带着绝望的歌声。

但是轻些! 小声些! 轻些!
让我仅仅喃喃细语吧,
请暂停,你这粗声哑气的大海,
因为我深信自己听见我的伴侣在某个地方答话的声音,
如此轻微,我必须要寂静,寂静才能听到,
但也不能完全的静寂,不然就怕她不能立刻来到我身边。

来到这里,我的爱侣!
我在这儿! 在这儿!
我就是用这种仅能持续一会儿的声音对你报告我自己,
这温柔的呼声是用来给你听的,我的爱侣,给你听的。

请不要被误引到其他的地方,
那是风在呼啸,不是我的声音,
那是浪花正在飞溅,在飞溅,
那是树叶的阴影。

啊,黑暗! 啊,全部都是徒劳!
啊,我是多么的苦闷而又悲伤。

啊,天空里靠近月亮的那褐色晕圈正在向海上低垂!
啊,海上那个愁苦的倒影!
啊,歌喉! 啊,正在跳动的心!

而我却整夜都在徒劳又徒劳地唱着歌。

啊,过去! 啊,幸福生活! 啊,欢乐的歌声!

空气中,树林里,遍布田野,

曾爱过! 爱过! 爱过! 爱过! 爱过!

不过我的伴侣已经不在,不再同我在一起!

我俩已经不在一起。

歌声沉寂了下去,

其他的都还在继续,星星照着亮,

风儿在吹,小鸟的歌声不断在成为回声,

暴躁的老母亲①在愤怒地发出悲声,不停地发出悲声,

在鲍玛诺克那灰色而又沙沙作响的海滩上,

那半轮黄色的月亮显得更大了,很沉重地低低挂着,沉落着,几乎碰
　着了海面,

那非常激动的男孩,浪头将他的赤脚盖没了,空气在对他的头发进
　行戏弄,

长久禁闭于心中的爱,目前解放了,目前终于轰然爆发出来了,

歌声的含义、耳朵、灵魂,在迅速地凝聚了起来,

古怪的眼泪沿着双颊流了下来,

那里的对话,三方②,都各自发出了声音,

低沉的音调,那粗野的老母亲还在不停地呼叫,

阴沉地同孩子灵魂所提出的问题相配合,咝咝地吐露着某个已经听
　不到的秘密,

---

① 老母亲指大海。

② 三方,指鸟、大海以及孩子。

向着那新起步的诗人。

精灵还是鸟！（男孩的灵魂问道，）

你的确是在对着自己的伴侣歌唱吗？还是其实是在对我唱？

因为我,在过去是个孩子,我的舌头的作用还在沉睡,目前我听到了
　你,

现在一瞬间我清楚了自己生活的目的,我觉醒了,

早已有了一千名歌手和一千支歌,比你的更加清楚,更加响亮,

更加忧伤,

一千种婉转的回声早已在我的胸中取得生命,永远不会死去。

啊,你这个寂寞的歌手,一个人唱着歌,同时也反映了我,

啊,寂寞的我安静地在听着,自此我将不倦地让你永远存在,

我永远都不会逃避,永远都不会自那些余音的震颤中逃避,

未曾得到满足的爱的呼声将永远都不会自我这里消失,

我永远都不会再是从前那个无所用心的男孩,如同那天晚上 那样,

在海边,那黄色的低垂着的月亮底下,

那使者已经将那烈火唤醒了,那内心深处的甜蜜的苦味,

那无法说清的渴想,我那被注定了的命运。

啊,为我提供线索吧！（黑夜里它躲藏于这里的某一地方,）

啊,我既能够得到很多,那便再多给我一些吧!

仅要一个词,(因为我决定掌握它,)

那最后的一个词,比一切都重要,

微妙,早已传出——是哪个词呢？——我在听着!

你一直都在悄语的便是它吗,你那海上的波浪?

那自你那晶莹的海面以及潮湿的沙土而来的便是它吗?

大海向这里回答，

不匆忙，也不迟延，

整个夜里朝我悄语，拂晓时分已很明确，

朝我喃喃吐出的是那低沉而又甜美的词："死亡"，

多次重复的便是死亡，死亡，死亡，死亡，

音调优美的咝咝然，既不像小鸟也不像我那已经觉醒的童心，

而是逐渐朝我一个人靠近，自我的脚下发出了沙沙的声音，

自那里一直慢慢接近我的耳边，并且轻柔地将我的全身沐浴，

死亡，死亡，死亡，死亡，死亡。

我不会将这些忘记，

而是同我那昏暗的精灵以及兄弟的歌声融合到了一起，

那歌是他自月光下的鲍玛诺克灰色海滩上为我唱的，

还有那些被信口唱出来的一千首答应之歌，

自那时起我自己的歌便也苏醒了过来，

伴随着它们的便是海浪送过来的那个词，这是关键，

这词属于最甜蜜的歌以及一切歌，

那强有力而又甜美的词一直都在慢慢接近我的脚边，

（或者像是一个裹着漂亮长袍的老婆婆在晃着摇篮，低着头，）

这是大海悄悄说给我听的。

1859   1881

在路边

欧罗巴

（合众国的第七十二年和第七十三年①）

忽然自它那陈腐而又昏睡的，奴隶的巢穴当中，

它像闪电一般跳了出来，连自己都险些大吃一惊，

它的双脚践踏在骨灰以及破旧衣服上，它的手紧紧地将帝王们的喉
　　咙扼住了。

啊，希望以及信仰！

啊，流亡的爱国者自痛苦中将生命结束了！

啊，那很多被伤透了的心！

今天全都回过头来吧，你们重新振作起来。

而你们这些被雇用来为人民抹黑的人们——这些说谎者，

听着！

不是因为无法计算的痛苦，残杀以及荒淫无度，

是因为在宫廷里进行的各样的卑鄙盗窃行为，利用那穷苦人的淳朴

---

① 纪念 1848 年路易·菲利普于法国退位，2 月 26 日成立了第二共
和国，在奥地利，斐迪南一世向侄子弗朗西斯·约瑟夫让位。在考索斯的
领导下，匈牙利宣布自由。在伦巴第、爱尔兰、威尼斯和丹麦等地均有叛
乱活动。

来骗取他的工资，

因为帝王们的嘴唇里所许下的诺言于他们反悔时被粉碎，被嘲笑。

在他们掌权的时候并非为这一切才进行报复的打击或令贵族的头
　　颅落地，

人民对帝王们的残暴进行鄙视。

不过宽容的仁慈造成了辛酸的毁灭，曾经受晾的君主重新回来了，

各自都很威武地带着随从、税吏、僧侣、刽子手，

兵士、大臣、律师、狱卒以及专事奉承的人们。

不过在全部卑鄙的盗窃行为的后面，看啊，是个人影，

同黑夜一样朦胧，全身披挂，脸，头和身体，都紧裹着红袍，

谁都看不到他的脸与眼，

露在袍服外面的仅有一件，一只手臂将红袍掀起，

一根弯着的手指自上面高高指着，就像出现了一个蛇头。

这时新砌的墓内躺着尸体，年轻人的血染的尸体，

绞架上面的绳索在沉重地挂着，王公们的子弹在飞，权势人物在高
　　声大笑，

全部这些都结下了果实，并且是善果。

那些青年的尸体，

那些吊到绞架上面的烈士们，那些被灰色铅弹打透了的心，

看似僵冷，但却在其他的地方活得生机勃勃的，没被杀害。

他们活在其他青年们的心里，啊，帝王们！

他们在此活在弟兄们的心里，正预备对你们进行反抗，

他们被死亡净化，还受到了教育，有所提高。

每一座为了自由受到杀害的人的坟墓全部长出了自由的种子，

后来种子又长出了种子，

被风带到了远处又重新下种，享受着雨雪的滋润。

暴君的武器不会释放一个已经失去了肉体的灵魂，

不过它隐下行踪，在世上阔步走着，说着悄悄话，商议、告诫着。

自由，令别人对你失望吧——我绝对不会对你失望。

房门关上了吗？主人走了吗？

但仍旧需要做好准备，不可以放松警戒，

他不久便回来，他的使者立刻就会来到。

1850   1871

192

啊,天! 啊,生活!

啊,天! 啊,生活! 那些多次重复出现的相关问题,

那些排成长列的无休止的背信弃义的人,那些充满愚昧的城市,

我自己永远都在责怪自己,(因为有谁比我更愚昧,又有谁比我更背

   信弃义呢?)

一双渴望光明但却徒劳的眼睛,卑鄙的事物,多次重复的挣扎,

全部都结出了恶果,在我四周所见到的是那些步履艰难而又卑鄙的

   人群,

别人的虚度光阴,我又同其他人纠缠到一起,

这个问题,啊,天啊! 够多伤心,又在反复出现——处在其中又能有

   什么益处呢,啊,天,啊,生活!

回答。

你于这里的存在——生活存在并且各有特性,

那强有力的剧情正在发展,而你还能够提供一首诗。

1865—1866   1881

我坐着眺望

我坐着并且眺望着世上的全部忧患,全部压迫以及耻辱,

我听到年轻人为了自己所做过的事情而感到悔恨不安,因痛苦而偷
  偷地抽泣,

我看到在穷人之间那做母亲的受到自己儿女的虐待,无人照料,奄
  奄一息,消瘦,并且绝望,

我看到那受到丈夫虐待的妻子,我看到那诱奸青年妇女的歹徒,

我留意到力图掩藏起来的嫉妒以及单恋的痛苦,我看到世上的这些
  情景,

我看到战争,瘟疫以及暴政的恶果,我看到烈士以及囚徒,

我看到海面上的饥饿,我看到那水手们在抽签决定应该轮到谁去牺
  牲来维持其他人的生命,

我看到那些倨傲的人对待工人,穷人以及黑人等的轻慢以及鄙视态
  度;

全部这些——全部这些无止境的卑劣行为以及痛苦,是我坐着并且
  眺望时所见,

看到,听到,并且保持沉默。

1860   1871

鹰在嬉戏

在沿河边大路行走的时候,(我的午前散步,也是休息,)

突然间天空传来了一种低沉的声音,那是鹰在嬉戏,

是高空当中互相充满爱恋而去接触的撞击声,

那扭结到一起的利爪,一次活跃而进行凶猛的旋转,

四个正在扑打的翅膀,两个铁钩喙,紧紧抱着,成了打着圆圈的一
  团,

在翻滚、在转身、结成了一个个的环形,笔直地向下方跌落,

直到稳在了河上,既是双方,又结成了一个,只不过是一瞬间的暂
  停,

在天上保持不带动作的平衡,之后拆散,将利爪放松,

斜拍着缓慢而又结实的双翼,飞向了高空,各自分头翱翔,

他飞他的,她飞她的,互相追逐。

1880   1881

鼓声哒哒

鼓啊！敲吧！敲吧！

鼓啊！敲吧！敲吧！——军号！吹啊！吹啊！

自窗里——自门里——像一股无情的力量般爆炸，

冲进了庄严的教堂，将会众驱散，

冲进了学生正在学习的学校，

不要令新郎平安无事——现在他不能同新娘享受幸福，

也不要令和平的庄稼汉去享受和平，耕地或是收割，

你们这些鼓擂得多么凶猛——你们这些军号吹得有多刺耳。

鼓啊，敲吧！敲吧！——军号，吹吧！吹吧！

在城市的行人以及车辆的上空——在街上隆隆的车轮声的上空；

房屋内还在铺好床用于人们夜间睡觉吗？不许让人睡到那些床上，
白天不许谈交易——没有中间人，也没有投机商——他们还想要继
　续吗？
讲话的还想要讲话吗？唱歌的还想要唱歌吗？
律师还想要在法院里面站起来在法官的面前陈说自己的案情吗？
那就令鼓敲得更加快更加重些吧——你们这些军号吹得更加疯狂
　些吧。

鼓啊！敲吧！敲吧！——军号！吹吧！吹吧！
不要谈判——不要停下来进行劝诫，
不要理睬那胆小的——不要理睬那个哭鼻子的与求上帝的，
不要理那个在对青年人进行哀求的老人，
不要去听那个小孩子的声音或是那个母亲的求告，
甚至令那个等着将灵柩停放在自己身上的支架也去对那死者进行
　摇撼吧，
啊，你们这些振聋发聩的鼓擂得有多么强硬——你们这些军号吹得
　有多么响亮。

1861　　　　　　　　　　　　　　　　　　　　　1867

黎明时分的旗帜之歌

诗　人

啊，一支新歌，自由的歌，

击打着，击打着，击打着，击打着，响声以及人声愈发清晰了，

顺着风声以及鼓声，

顺着旗帜的声音，大海的声音，孩子的声音，父亲的声音，

地上是低处，空中是高处，

在地上是父亲以及孩子站立的地方，

上面的空中是他们的眼望着的地方，

也就是黎明时分旗帜进行拍打的地方。

词句！书中的词句！你们是什么？

不需要再用词句了，请注意听我说，

我的歌便在那空旷的地方，我必须要歌唱，

同它伴随的是旗帜以及三角旗的拍打声音。

我将要把绳和索编织进去，

我会把男人的心愿以及婴儿的心愿编织进去，我将把生命灌注到其

中，

我将列入闪亮的刺刀尖中，我将令子弹以及弹丸嗖嗖飞舞，

（就像有些人将一种象征性的符号以及威胁远远地带进未来，

用喇叭般的声音喊道：醒来吧，要保留精神，醒来吧！）

我要用缕缕鲜血来对我的诗句进行灌溉，充满意志和欢乐，

然后放松，开步走，去竞争，

伴随着的是旗帜以及三角旗的拍打声。

三角旗

来这里，诗人，诗人，

来这里，灵魂，灵魂，

来这里，亲爱的小孩，

同我一起在云里风里飘飞，同没有边际的光亮共同游戏。

孩 子

父亲，是什么在天上用长长的手指同我打着招呼？

它一直在同我讲些什么？

父 亲

我的孩子，在天上你什么都没看到，

也没有谁在同你说话——不过要注意，我的孩子，

看一下房子里面这些让人眼花的东西，你看那些现在正在开门的钱

庄，

注意那些正在准备装着货物沿街进行爬行的车辆；

这些，啊，这些是多么的受人重视，有多少人甘愿为它们付出劳动！

全世界是多么地羡慕它们！

诗　人

鲜红的太阳正高高地升起，

远远看去，蓝色的大海正在飘浮，在随水槽飞跑。

在大海的胸脯上飘浮着，并且涌向陆地的风，

那不断吹过来的大风自西边或是西南方向而来，

水面上那乳白色的泡沫正在轻快地浮动。

但我不是大海或者红日，

我不是那同女孩一般咯咯笑着的风，

也不是那正在加强力量的和抽打着的风，

不是那奋力对自身进行抽打、令自己因恐惧而死的精灵，

不过我是那虽看不到却在走向前来一直唱的人，

我在溪流内潺湲，在陆地上飞溅，

那些早晚在树林内的飞鸟们都认识我，

岸上的沙粒也认识我，还有那正咝咝叫着的波浪，与那旗帜以及三

角旗，

它们在那里高高地不停地进行着拍打。

孩　子

啊，父亲，它有生命——四处都是人——它有很多孩子，

啊，现在我觉得它是在同它的孩子们说话，

我可以听见——它在同我说话——啊，简直太奇妙了！

啊，它伸展着——它飞速张开，在奔跑——啊，父亲，

它非常宽阔，它将整个天空都盖没了。

父　亲

别说了，别说了，我的傻孩子，

你的话令我忧伤，令我非常不高兴；

我是说你再同别人一起看看吧，不要再看那高空的旗帜以及三角

旗，

而是看一下那整齐的路面，尤其要注意那些有着坚牢墙壁的房屋。

旗帜与三角旗

啊，来自曼哈顿的诗人，同孩子说话吧，

对我们全部的孩子们，对那些曼哈顿北部以及南部的孩子们，

今天就特别将我们指给他们看，其他的一切就全都撇下吧——然而

我们也不清楚是因为什么，

因为我们是什么呢，仅是些无利可图的布片，

仅能在风中拍打着？

诗 人

我听到、看到的不只是布片，

我听到军队的踏步声，我听到那哨兵喝问的口令声，

我听到千百万人的欢呼声，我听到那呼叫"自由"的声音！

我听到击鼓声以及吹喇叭的声音，

之后我自己也四处活动，急升高飞，

我所用的是大陆鸟以及海洋鸟的翅膀，并自高处俯瞰，

我不对和平的宝贵后果进行否认，我看到拥有不计其数的财宝的稠
　密城市，

我看到数不清的农庄，我看到庄稼汉在田里或是谷仓里工作，

我看到机械工在工作，我看到四处建筑起了高楼，正在建成或是已
　经建成，

我看到火车头所牵引的列车正飞快地在沿轨道飞奔，

我看到波士顿、查尔斯顿、巴尔的摩、新奥尔良的商店以及车站，

我看到远在西部的那大片粮田，我于附近逗留了很短的一个时期，

我去了北部的木材森林，又去了南方的种植园，还去了加利福尼亚；

一路上扫视全景的时候我看到数不清的利润、繁忙的集会以及赚到
　手的工资，

看到三十八个广阔而又傲慢的州形成的"特点"，（还会有更多的
　州，）

看到港口岸上的贸易站，看到船只在进进出出；

然后在所有之上，（当然！当然！）是我那个宝剑一般的小又长的三角
　旗，

它快速地上升，标志着战争以及抗议——现在长索已将它拉起，

在我那个蓝色宽阔的旗帜旁边，在我那星条旗旁边，

在所有海域以及陆地上，和平便被抛弃了。

旗帜与三角旗

还要更加响亮、高昂、坚强些，诗人啊！还要破浪更远、更广泛地前进
　　一些！

不要再令我们的孩子们仅相信我们的财富以及和平，

我们也可能是恐怖以及屠杀，就像现在这样，

现在我们已经不是那些广阔以及傲慢的各州中之一，（也不是其中
　　的五或十个，）

我们既不是市场或是仓库，也不是城内的银行，

不过这些和一切，那广阔的褐色陆地以及下面的矿藏，是属于我们
　　的，

海岸属于我们，大小河流属于我们，

它们所润湿的田地以及收成和果实都属于我们，

港湾，航道，进出的船只不过是我们的——而我们则在一切之上，

在下面所铺开的地区上面，在三四百平方英里与首府，

四千万人口上面——啊，诗人！不管是活着或者死去都至高无上，

我们，甚至是我们，今后也要同主人翁一样在高空招展，

不仅因为目前，也要通过你而去高歌一千年，

这是一支为一个可怜的小孩的灵魂所唱的歌曲。

孩　子

啊，我的父亲，我并不喜欢这些房屋，

它们永远都不会受到我的重视，我也不喜欢金钱，

不过我想升到那里去，啊，我亲爱的父亲，我喜欢那旗帜，

我愿意也必须成为那三角旗。

父　亲

我的孩子,你真令我痛心,

成为那三角旗简直是太可怕了,

你简直不清楚今日为何日,今后会如何,

那便是一无所获,却要冒着失去、否定一切的危险,

你会站到战争的前线——啊,并且是这样的战争!——你同它们具
　　有什么相干?

你同魔鬼、屠杀以及夭折的激情又具有什么相干?

旗　帜

那么我所歌唱的是魔鬼以及死亡,

我将在一切当中,是的,在一切当中灌输,那代表着战争的剑形三角
　　旗,

并且是一种新又激动人心的愉快,是自孩子们的小嘴里说出的渴
　　望,

同和平的大地所发出的声音以及大海液体的冲洗融合到一起,

还有那正在海上战斗的满身黑烟的黑色船只,

还有那北方冰样的遥远的寒冷,伙同那沙沙响着的雪松以及松柏,

还有那隆隆的鼓声,兵士们行军的声音,与南方的骄阳艳艳,

还有那属于我的东岸的波浪涌上了海滩,我那西岸也是一样,

还有那两岸之间的全部,同我那永远都在奔跑着的密西西比河以及
　　它的河湾和急流,

还有那属于我的伊利诺伊的田野,那堪萨斯的田野,那密苏里的田
　　野,

那大陆,将它全部的特性都毫无保留地献了出来,

涌进来吧！请将一切问题,一切歌词都淹没,利用你的全部,

和所有收获,

融合、保持、索取并且吞没一切,

不再用那温柔的或是音乐似的唇音,

而是永久地离开了黑夜,我们的声音再不是说服,

而是同这里风中的乌鸦一样呱呱地叫着。

诗　人

我的四肢和血管扩张了,到底我的题材还是明确了,

夜间所出现的旗帜是如此的宽阔,我要傲慢而又坚决地歌唱你,

在又聋又瞎的情况下,我等候得实在太久了,我冲了出来,

我再次恢复了听觉以及舌头,(一个小孩对我进行了教育,)

我在上空听到你,那嘲笑似的呼叫和要求,啊,那战争的三角旗啊,

残忍！残忍！(我至少歌唱了你,)啊,旗帜！

你的确不是太平的屋宇,并且丝毫不是它们的繁荣,(如果有必要,

　你还会下令破坏掉每所房子,

你不想将那些值钱、稳稳矗立在那儿并且装满了安适的花钱建成的

　房屋破坏掉,

那它们真的能够站稳吗?如果不是你在上空,一个小时都站不住,现

在却全都站得很稳;)

啊,旗帜,你不是珍贵的金钱,不是农作物,也不是属于物质的好营
养,

不是高级商店,也不是被船舶卸到码头上的全部,

不是用帆篷或是蒸汽作为动力的超级海船,

不是运输工具,贸易或是收益——但是你,从今往后我看到的你,

你自夜间出现而朝上飞升,将你那一簇星星带来,(愈益变大的星
星,)

你在将黎明划分,将空气割削,受着太阳的抚弄,对天空进行着测
量,

(一个可怜的小孩热烈地看到了你,渴望着你,

但其他人却依然忙忙碌碌,在说着精明的话,永远在教导着人们要
节省,节省;)

啊,那高高在上的你! 啊,那三角旗! 你在如蛇一般进行波浪形的
起伏,奇妙地发出了唑唑声,

我高攀不上,你只不过是个观念,却又是宁可冒着生命危险竭力争
取的,为我所热爱,

非常热爱——啊,旗帜,你自黑夜带来的星星在引导着白昼!

不值钱,是眼前所见的东西,在所有之上,又要求所有——(所有事
物的绝对主人)——啊,旗帜以及三角旗!

我也将一切都撇下了——虽然伟大,但却一文不值——房屋机器全
都一文不值——我视而不见,

我仅看到你,啊,战斗的三角旗!啊,满是条纹的宽阔的旗帜,我仅歌
唱你,

高高地在风中进行着拍打。

1865　　　　　　　　　　　　　　　　　　　　1881

骑兵越河而过

一个非常长的队列绕行在翠绿的小岛之间，

他们排成了一字的长蛇形，他们的兵器闪耀在阳光下——请听那音乐般的铿锵声，

请看一眼那银白色的河，

在其中溅起水花的坐骑暂时停了下来进行畅饮，

看那些被太阳晒黑了脸的男人，

几个或是一个全是一幅图画，懒洋洋地在马鞍上休息，

有的已经出现在了对岸，

有的才踏入河里——同时，

鲜红，蓝色，雪白，

队旗于风中欢快地飘动着。

1865   1871

宿营在山腰

目前我面前看到一支正在行军的队伍进行稍停，

下面横卧的则是一个肥沃的山谷，具有夏天的谷仓与果园，

后面，是一块位于山坡上的梯田，陡峭，有的地方非常高，

断裂，有岩石，依依的雪松，还有看得不怎么清楚的高耸形象，

远近分布着很多营火，有些在高高的山上，

可以隐隐看到人马的昏暗形象，体积大，并且闪着微光，

而满天——在天上！非常远，远得简直够不着，星星点点，

不断在出现的是那永恒的星斗。

1865   1871

军团行进着

一群散兵打头阵，

有时如抽鞭子似的一声枪响，有时则是无规则的齐发，

队伍在奋力快进，人数众多且又密密层层的队伍在加速前进着，

微微闪着光，于阳光下苦苦行进——满身都是灰尘的兵士，

分成行列随地形在起伏，

炮火是分散开的——车轮滚滚，马匹在流汗，

军团行进着。

1865—1866   1871

在野营时那忽明忽暗的火光旁

野营时那忽明忽暗的火光旁，

一队人马于我身边绕行着，庄重，甜蜜，

而又缓慢——但我首先注意的，

是那正在睡眠当中的军队的帐篷，

田野以及树林的昏暗轮廓，

黑暗当中是点点的火光，是沉默，

幽灵一般的远近偶尔有个人影在移动，

矮树丛与高树，(当我举目时，它们就像在偷偷望着我，)

列队前进的时候，会有思想，

啊，温柔而又奇妙的思想，

想到生和死、家庭、过去、心爱的人以及那些远方的人们；

我坐在地上的时候那里是一支庄重而又缓慢的队伍正在前进，

在野营时那忽明忽暗的火光旁。

1865   1867

自地里出来吧，父亲

自地里出来吧，父亲，我们的彼特来信了。

到前门来吧，母亲，你那可爱的儿子来信了。

看啊，这是秋天，

看啊，树木更绿，更黄，也更红了，

微风里正在抖颤的树叶令俄亥俄的村庄显得凉爽而又甜蜜，

果园里面悬挂着成熟的苹果，棚架支着的藤蔓上悬挂着葡萄，

（你能够闻到藤蔓上那葡萄的气味吗？

刚才蜜蜂们还在嗡嗡地穿飞着的荞麦，你能够闻到吗？）

看啊，尤其是雨后的晴天是多么的宁静，多么的明亮，还点缀着些奇
　妙的云彩，

地上也是一样，一片宁静，全部都生气勃勃而又美丽，农庄也百事兴
　旺。

地里的全部都非常兴旺，

但现在父亲却自地里走了上来，听从了女儿的呼唤，

母亲也来到了门口，立刻便来到了前门。

她尽可能地加快速度，不祥的预感令她步履不稳，
她顾不得花费时间去理顺头发，或是将头上的帽子戴好。

快快拆开信封，
啊，虽然署的是我们儿子的名字，但这不是他的笔迹，
啊，是陌生人为我们亲爱的儿子代写的，啊，母亲的心受到了多大的
　　打击！
她只见面前的一切在浮动，于是两眼发黑，只听见了主要内容，
那支离破碎的句子：胸口受到了枪伤，骑兵遭遇战，已被送进医院，
目前情况稍差，不久有望好转。

啊，虽然俄亥俄欣欣向荣，到处都是城镇与农庄，
现在我却只能看见一个人的形象，
她的脸色苍白，头脑麻木，四肢没有力量，
倚靠到门柱上。

好母亲,不要如此悲伤,(才长成的女儿哽咽着说,

小妹妹们挤成了一团,不发一言,心中惊慌,)

你瞧,好母亲,信上说不久彼特便会好转。

哎呀,可怜的孩子,他是永远都无法好转了,(其实也不需要好转,

　那勇敢而又朴素的灵魂,)

他们站在家门口的时候他早已死去,

那独生子早已死去。

不过做母亲的却理应好转,

不久她那瘦削的身子便穿上了黑衣,

白天她咽不下饭,晚上睡不安稳,还会时常惊醒,

她在午夜醒来,呜呜哭泣,只怀有一个深切的愿望,

啊,希望她能够悄悄离开,默默逃离人间,

去跟踪、寻找,去同她那亲爱的亡儿到一起。

1865　　　　　　　　　　　　　　　　　　　　1867

一个晚上，我于战场上站了一班奇怪的岗

一个晚上，我于战场上站了一班奇怪的岗；

那天，你，我的儿子和我的伙伴，都倒在了我的身边，

我只看了你一眼，但你那亲爱的眼睛却回报给我终生难忘的一瞥，

你的手仅碰了一下我的手，啊，孩子，那是你倒到地上的时候伸过来
    的，

于是我又连忙前去参加战斗，那势均力敌的战斗，

直至深夜我下班了才最终回到了原地，

我看到你死后僵冷成这个样子，亲爱的伙伴，看到你那报人以热烈
    之吻的身躯，儿子，（今生已经不再可能像这样报答了，）

星光下，你的脸裸露着，四周显得是多么的异样，微微的夜风吹得非
    常清凉，

我长久地在彼地彼时站着岗，四面是那隐隐的广阔的战场，

奇妙而又甜蜜的岗，在那芬芳而又静穆的黑夜里，

却没有掉下一滴泪，甚至都没有一声长叹吁出，我凝视了好久，好
    久，

然后我半躺卧似的坐在了你身旁的地上，两手托着下颌，

同你，我最亲爱的伙伴，一起度过了甜蜜的时光，不朽而又神秘的时
    光——没有一滴泪，也不说一句话，

这是沉默、爱和死亡的站岗，是为了你，我的儿子以及我的士兵站岗，

那时候高空的星光默默照亮，在东方又有新的星群悄无声息地出现，

勇敢的孩子，是为你所站的最后一班岗，(我没能救下你，

你死得太快了，

你活着的时候我忠诚地爱你，关心你，我想我们一定会重逢，)

直到黑夜勾留到了最后的时刻，黎明刚刚到来的时候，

我将自己的伙伴用他的毡子包裹，将他的身体严密地裹住，

将毡子整理妥当；小心地将头裹住又将脚裹住，

就在彼时彼地，在初升太阳的沐浴之下，我将我的儿子安放到了那草草挖出来的墓穴里面，

就这样我站完了一班奇异的岗，这在黑夜以及昏暗里的战场上的岗，

为那将热吻报以别人的孩子站岗，(今生已经不再可能像这样报答了，)

为顷刻之间便被杀死的伙伴站岗，我永远都不能忘记的一班岗，

又如何在东方微明的时候，

我自冰冷的地上站起，用他的毡子将我的士兵仔细地包裹，

将他埋葬在了他倒下的地方。

1865

1867

于黎明的灰暗光照下
扎营地所见

于黎明的灰暗光照下扎营地所见，

那时我正在失眠，一早便从自己的帐篷内走了出来，

我缓步于清凉的空气内，踏上了帐篷医院附近的小路，

我看到三个人的身躯躺在担架上，停放在那里，无人照看，

每个人的身上都盖着棕褐色的羊毛大毡子，

那灰色而又厚重的毡子，围裹着，将全身都遮住了。

我好奇地止住了脚步，默默地在那里站着，

然后用手指轻轻地自第一个离我最近的那张脸上将毡子掀起，

你这个又瘦又将脸孔板着的老年人是谁，披着一头银灰的头发，眼边的皮肉又陷得那么深？

亲爱的伙伴，你是谁？

然后我朝着第二个走

去——你是谁,我的孩子,我的亲人?

你这个双颊还绯红的可爱的孩子,你是谁?

然后是第三个——这张脸既不是孩子的,也不是老人的,它十分平

　　静,就像是用美丽的嫩黄象牙雕琢而成的;

年轻人,我想我是认识你的——我想这张脸是基督自己的脸,

死得神圣,是众人的兄弟,现在又卧在了这里。

1865　　　　　　　　　　　　　　　　　　　　　　　1867

裹着的伤者

一

我这个弓着腰的老人来到了陌生人的中间，

在对孩子们的问话进行回答的同时又回顾了当年与往昔，

那些热爱着我的少男少女说，老人，向我们讲一下吧，

（我曾经兴奋而又震怒，意欲击鼓进行报警，并号召血战到底，

不过不久我便开始手指软弱无力，双颊松垂，甘愿后退，

坐到伤者身边对他们进行抚慰，或是悄悄地守着死者；）

这些情景、愤激的热情以及风云变幻早已过去了多年，

逝去的还有那举世无双的勇士，（仅一方骁勇吗？另外一方也同样骁
　勇；）

现在请你再说一下目击的情况吧，请对那些世上最强大的军队进行
　一下描述，

那些迅猛而又雄健的军队，你见到、能够说出的都是些什么？

你记得最牢固、最深刻的是什么？ 不比寻常的惊慌失措，

是艰苦的战斗，还是规模巨大的围困给你的印象最深？

二

啊,我所热爱的、又同样热爱着我的少男少女,

你们让我讲最离奇的经过倒是令我突然想起,

我当兵的时候长征归来,身上满是汗渍与尘土,

我来得正是时候,投入了战斗,在胜利冲锋的时刻高声喊叫,

将攻克的工事占领了——不过看啊,它像急湍一般消失了,

过去了,再也不回来,它们消失了——对于当兵的灾难或是欢乐我

　　不必多说。

(两者我全部记得很清楚——苦难多,欢乐少,不过我仍旧感到满

　　足。)

不过在沉默中,在梦的气氛内,

在尘世的收益以及事物的表面现象与欢笑继续前进时,

过去的立刻被忘记,波浪将沙土上的痕迹洗掉了,

我步履艰难地回来,再次走进了门。(你就在那里,

无论你是谁,壮起胆,悄悄跟我来。)

手拿着绑带,水以及药棉,

我飞快地笔直地朝我那些伤员们走过去,

在那里,战斗过后,他们便被人送来躺到地上,

在那里,无价的鲜血将草皮和土地染红,

有时我进入帐篷医院的行列之中,有时又进入设在屋内的医院,

回到那上下两边都排着长队的小床旁边,

我顺序走近每张床,不漏过一张,

侍从端着盘子跟在我的后面,手里提着放垃圾的空桶,

不久桶里便装满了结着硬块的布条与血,倒掉,又装满。

我朝前走,站住了脚,

用僵直的两腿以及稳健的手将伤口包裹着,

对于每个伤者我都特别坚定,痛是彻骨的,却又是不可避免的,

有一个伤员用恳求的眼光看着我——可怜的孩子!我并不
　认识你,

但只要能让你活命,我想我会立刻就为你而死。

<h1 style="text-align:center">三</h1>

走,朝前走,(打开时间和医院的门!)

我来包扎裂开的头,(可怜的神志,错乱了的手,不要扯掉
　绷带,)

我来检查脖子被子弹穿得透而又透的骑兵,

呼吸是多么困难,眼珠早已呆滞,生命却还拼命挣扎着,

(甜蜜的死亡,来吧!听话吧,啊,美丽的死亡!

如果你肯慈悲,就快些来吧。)

就在那被锯掉了手的臂膊的这一头,

我将那结硬了的布垫解开,摘去了腐肉,洗净了脓和血,

伤兵再次躺在了枕头上,低垂着脖子,将头转向一边,

他的眼睛闭拢,脸色苍白,不敢看那血肉模糊的
　残肢,

从来都不曾看过一眼。

我包着身子一侧的伤口,那伤口实在是深极了,

仅剩一天两天了,看那躯壳已经消瘦、萎缩,

看那脸庞又是多么焦黄。

我包裹着那被穿了孔的肩膀,被子弹伤了的脚,

清洗着这个剧痛的、成了坏疽的伤口,是多么的令人作呕,

多么的难闻,

侍从则站在一旁,举着盘子、提着桶。

我始终保持忠诚,绝不退避;

那断了骨的大腿,膝盖以及腹部的伤口,

我漠然地用手对这些以及其他的许多伤口(在我胸口深处却是一蓬
　　火,一股烈焰)进行着包裹。

四

就这样在沉默当中,在梦的气氛里面,

我回去,重操旧业,穿行于一家家的医院里面,

用抚慰的手令伤痛者平静了下来,

整个黑夜我都坐在那烦躁的伤员身边,有些是那么年轻,

有些又是那么的疼痛难忍,我对这一段甜蜜而又愁苦的经验进行着
　　回忆,

(有多少士兵那温柔的手臂搂着我的脖子并且依靠在那上面,

有多少士兵那亲吻牢牢地印到了这两片满是胡子的嘴唇上面。)

1865　　　　　　　　　　　　　　　　　　　　　　　1881

属于两个老兵的哀歌

最后一线阳光
轻轻地在安息日结束的时刻落下,
落在了这里的人行道上,自那里望过去,
是一座新建的双穴坟墓。

看啊,月亮正在上升,
银白滚圆的月亮自东边升起,
在房顶上异常美丽,如鬼魂一般,幽灵般的月亮,
无比大而又沉默的月亮。

我看到一个忧伤的队伍在行进,
我听到渐渐走近的、饱满的号角的声音,
它们在城市大街的所有渠道泛滥,
就像沸腾着的人声以及眼泪。

我听到大鼓的声音隆隆,
又听到小鼓在不停地被咚咚敲响,
每一响震人肺腑的鼓声,

都深透地将我的全身穿过。

因为儿子是与父亲同时抬来的，
（在激烈攻势的最前列，他们倒了下来，
两个老兵——儿子以及父亲同时倒下，
双穴坟墓正在等待着他们。）

那号角声越走越近了，
鼙鼓敲打得更为震动人心，
人行道上面的日光早已消失殆尽，
我的周围围绕着雄壮的丧礼曲。

东边的天上正高高浮起，
微光下，那悲愁的巨大幽灵正在行进。
（这是一位母亲的巨大而又明亮的脸庞于天上愈加显得光明。）

啊，雄壮的丧礼曲令我高兴！
啊，无比大的月亮那银色脸庞你令我安心！
啊，我那两位士兵！啊，我那老兵们正前去入土安葬！
我占有的也要交给你们。

月亮将光明给了你们，
号角以及鼙鼓将音乐给了你们，
而我的心，啊，我那士兵，我那老兵，
我的心将爱给了你们。

1865—1866   1867

和　解

这个词超过了一切词汇,同天色一样美丽,

美丽是由于战争和全部残杀行为总会有一天要被完全取消,

"死亡"与"黑夜"两姐妹的双手又在不停地轻轻洗涤,一再对这肮脏
　　的世界进行洗涤;

因为我那敌人死了,一个和自己同样神圣的人死了,

我看了一眼,他躺在棺材里面,雪白的脸,一动都不动——我走了过
　　去,

弯下腰,用我的嘴唇轻吻了棺材里面的那张雪白的脸。

1865—1866　　　　　　　　　　　　　　　　　　　1881

啊,自由,转过脸来吧!

啊,自由,转过脸来吧,战争已经结束,

从此将会向前发展,别再犹疑,要坚决,横扫全部世界,

离开那些追溯并且记载既往的国家,

离开那些对过去光荣事迹进行歌颂的歌手,

离开那些君主的成就,奴隶制,等级制,以及封建世界的颂歌,

转向世界,转向那早已被储备下的未来的胜利——将那落后的世界
　　抛弃,

将它奉让给那些到目前为止的歌手,送给他们那些连绵不绝的过
　　去,

而剩下的是留给你与歌手们的——未来的战争是留给你的,

(看哪,对于过去的战争你已经习惯了,还会习惯当前的战争;)

那便请转过脸来吧,别惊慌,啊,自由——将你那不死的脸转过来
　　吧,

面向未来,它比所有的过去都更加伟大,

它在为你迅速而又稳妥地做着准备工作。

1865　　　　　　　　　　　　　　　　　　　　　1871

纪念林肯总统

最近紫丁香在庭院盛开时

一

当最近紫丁香在庭院盛开时，

西方的夜空当中那颗硕大的星星陨落了，

我哀悼着，并且将随着每年一度的春光永久地哀悼着。

每年一度的春光哟，真的，你所带给我的这三件东西：

每年会开放的紫丁香，那颗陨落于西天的星星，

和我对自己所敬爱的人的怀念。

二

啊，那陨落在西天的强大的星星哟，

啊，那夜的阴影——啊，那悲郁而又泪光闪烁的夜哟！

啊，那巨大的星星消失了——啊，将星光遮没了的黑暗哟！

啊，那残酷的，紧攫着我令我完全无力挣扎的手哟——啊，我那无助

的灵魂哟！啊，那将我包围的灵魂令它不能自由的阴霾哟！

三

一间古老的农舍前的庭园里面,靠近粉白的栅栏,

那里面有一丛非常高的紫丁香,长着碧绿的心形的叶子,

开满了艳丽的花朵,满是强烈的,我所喜爱的芳香,

每片叶子都是一个奇迹——我自这庭园里的花丛当中,

这有着艳丽的花朵以及心形的绿叶的花丛当中,

将带着花朵的一个小枝摘下。

四

在大泽当中那僻静的深处,

一只羞怯的隐藏着的小鸟在唱一支歌。

这只孤单的画眉鸟,

它像隐士一般隐藏起来,避开了人的住处,

独自在唱一支歌。

唱着令咽喉啼血的歌,

唱着能够将死亡免除的生命之歌,(因为,亲爱的弟兄,我非常清楚,

如果你不能歌唱,那你便一定会死亡。)

五

春天的怀抱当中,在大地上,在城市里,

在山路上,在古老的树林当中,不久前,那里的紫罗兰花便自地里长

　　出来,点缀到了灰白的碎石之间,

经过了山路两旁田野中的绿草,经过无边无际的绿草,经过铺着金

黄色麦穗的田野,麦粒正自那阴暗的田野内的苞衣当中露头,

经过有红白花开着的苹果树的果园,

有一具尸体被搬运着,日夜兼行走在道上,

运到它能够永远安息的墓地。

六

棺木经过了大街和小巷,

经过白天与黑夜,走过了黑云笼罩着的大地,

卷起的旌旗排成了行列,城市全都蒙上了黑纱,

各州都好似蒙着黑纱的女人,

蜿蜒的长长的行列,举着不计其数的火炬,

千万人的头与脸就好像沉默的大海,

这儿是停柩所,是已运到的棺木,以及无数阴沉的脸面,

整夜都唱着挽歌,无数的人都发出了雄壮而又庄严的声音,

全部挽歌的悲悼声都倾泻于棺木的四周,

灯光昏暗的教堂,悲颤的琴声——你便于这一切中移动着,

丧钟在悠扬地鸣响,

这里,你缓缓走过的棺木啊。

我将我的紫丁香花枝献给你。

七

(并不是献给你,只献给你一个人,

我要将花枝献给所有的棺木,

因为你,就像晨光那样的清新,啊,你神志清明并且神圣的死哟!

我要给你唱首赞歌。

四处都是玫瑰花花束。

啊,死哟! 我为你盖上玫瑰花以及早开的百合花,

不过最多的是目前这最早开放的紫丁香,

我摘了很多,我自花丛当中摘下了非常多的小枝,

我双手满满地捧着,撒向你,

撒向所有的棺木与你,啊,死亡哟!)

八

啊,在西方天空中徘徊的星,

现在我懂得一个月前你的意思了①,当我经过时,

当我在沉默中于薄明的黑夜当中走过,当我看到每夜你低垂下来就
  像要告诉我些什么,

当你就像自天上降落,降落到我身旁,(其他的星星只不过是观望
  着,)

当我们一起在庄严的夜间徘徊,(因为似乎有一种我所不清楚的东
  西在搅扰我,令我不能安睡,)

当夜深了,我看到在西方天边的远处,你是怎样地充满了悲哀②,

当我站在高地上,于薄明的凉夜的微风当中,

当我看着你逐渐逝去,并且消失于夜的黑暗当中时,

我的灵魂也于苦痛失意当中向下沉没了,同你悲伤的星星是一样
  的,

完结,于黑夜之中陨落,并且永远消失了。

---

① 1865 年 3 月,惠特曼曾经接连数个月都看到一颗非常明亮的星
星,那是林肯遇刺的前一个月。

② 惠特曼在对林肯进行描写的时候特别将他脸上的愁容指了出
来。

九

你于大泽当中,唱下去吧,

啊,温柔而又羞怯的歌者哟! 我听见了你的歌声,我听见了你的叫
   唤,

我听见了,并且就要来了,我懂得你,

不过我还要延迟一刻,这是因为那颗晶莹的星将我留住了,

那颗晶莹的星,我那就要别离的朋友,将我抓住、留住了。

十

啊,我将怎样为我那些敬爱的死者们颤声歌唱?

我将怎样为那已经逝去了的巨大而又美丽的灵魂来对我的颂歌进
   行美化?

我将以什么样的馨香来献到我那敬爱的人的坟茔前?

海风自东方吹来,也自西方吹来,自东方的海上吹来,也自西方的海
   上吹来,

直到相遇在这里的草原上,

我将用这些以及我的赞歌的气息,

来薰香我所敬爱的人的墓地。

十一

啊,我将把什么悬挂到灵堂的墙壁上面呢?

我将用什么样的图画来装点这里的墙壁,

来装饰那我所敬爱的人所永息的幽宅呢?

那将会是新生的春天以及农田和房舍的图画，

图画里面有四月间日落时分的黄昏，有清澄而又明亮的烟霞，

有壮丽的、在空中和天上燃烧的正在摇曳下沉的落日那万道金光，

有着清新的，没胫的芳草，有着繁生的嘉树那凄凉的绿叶，远处河面
　　上的流水晶莹，风向旗布满了这里或是那里，

两岸上有着绵亘的小山，天空中纵横交错着不计其数的阴影，

近处有着房舍密集的城市，有着不计其数的烟囱，

还有全部的生活景象，工厂，以及放工回家的工人。

十二

看哪，身体以及灵魂——看一看这个地方，

这是属于我的曼哈顿，这里有尖顶的教堂，有汹涌并且闪光的海潮
　　与船舶，

这广阔而又多样的陆地，南北全受到光照，具有俄亥俄海岸以及密
　　苏里水乡，

并且永远在广大草原上满铺了青草以及稻粱。

看啊，最美的太阳是如此的宁静与岸然，

蓝色以及紫色的清晓吹着微微的和风，

那无限的光辉是如此温柔清新，

正午的太阳很神奇地沐浴着一切，

随后到来的美丽的黄昏，以及受欢迎的夜与星光，

全都照临到我的城市之上，将人民和大地包裹了。

十三

唱下去吧,唱下去吧,你这灰褐色的小鸟哟!

自大泽当中,自僻静的深处,自树丛当中将你的歌声倾泻出吧,让它
　　透过无边无际的薄暮,透过无边无际的松杉与柏林。

唱下去吧,最最亲爱的兄弟哟! 像箫管之声那样歌唱吧。
用极端悲痛的声音,将人间之歌高声唱出。

啊,流畅自如并且温柔!
啊,你令我的灵魂奔放不羁——啊,你这个奇异的歌者哟!
我原本只听从你——不过不久便要离去的那颗星却留住了我,
散发着芬芳的紫丁香花也留住了我①。

十四

现在,我于白天。坐着朝前眺望,
在农民们正于春天的田野内从事耕作的黄昏当中,
在有着大湖以及大森林的那不自知美景的地面之上,
在天空的空灵美景中,(在狂风暴雨后,)
在午后时光匆匆滑过的苍穹下,在妇女以及孩子们的声音中,
汹涌的海潮声中,我看到船舶怎样驶过去,
丰裕的夏天逐渐到来,农田中的人们在忙碌着,
无数被分散开的人家,都各自忙着生活和每天的饮食、琐屑的日常
　　家务,

---

① 在此,诗人还因悼念林肯而没能完全将小鸟的歌声接受。

大街怎样像急跳的脉搏,而城市怎样在窒闷中喘息,看啊,就在此时
　　此地,

降落到所有的一切之上,也都在一切当中,将我和其余的一切都包
裹住,

一片云出现了,一道长长的黑色烟缕也出现了,

我认识了死,死的思想与神圣的死的知识。

这个时候,好像这死的知识正在我的一边走,

而死的思想也紧紧跟随着我,在我的另外一边,

我夹在他们中间就如同在同伴中一样,并且紧握着同伴们的手,

我正忙着逃向那隐蔽而又容受着一切的、无言的夜,

到了水边和浓密大泽附近的小道,

到了静寂的黝黑的松杉以及阴森的柏林。

那对于全部都感到羞涩的歌者却对我表示欢迎,

我所认识的这只灰褐色小鸟,它对我们三个人表示欢迎,

它唱着死之赞歌以及对于我所敬爱的人的哀辞。

自幽逢而又隐蔽的深处,

自如此沉静的芳香的松杉以及阴森的柏林,

这只小鸟的歌声传过来了。

歌声的和美令我销魂,

就如同黑夜里我握着同伴的手那样,我的心声同这只小鸟的歌声应
　　合着。

来吧,可爱的,给人以慰藉的死哟,

如同波浪一般环绕着世界,安静地到来,到来,

在白天时,在黑夜时,

或迟或早地向一切人走去,走向每个人那微妙的死哟!

赞美这没有边际的宇宙,

为了生命以及快乐,为了所有新奇的知识与事物,

为了爱,那最为甜美的爱——更赞美,加倍地赞美,

那冷气袭人的缠绕不放的死的两臂。

总是悄悄靠近身边那暗黑色的母亲①,

没有人来给你唱一支对你表示全心欢迎的赞歌吗?

那么我来为你唱吧,我赞美你超于全部之上,

我献给你一支歌,令你在必须来时,能够毫不踌躇。

来吧,你这强大的解放者哟,

当你带走死者的时候,我欢欣地为他们歌唱,

他们在你可爱的浮动着的海洋里消失了,

沐浴在你那祝福的水流当中,啊,死哟。

为了你,我唱着快活的小夜曲,

用舞蹈朝你致敬,为了你张灯结彩,广开欢宴,高空以及旷野的风景

　　正当宜人,

还有生命与田野,和巨大而又深思的黑夜。

---

① "暗黑色"指死亡的颜色,不过作为"母亲",她又能够将新的生命,即永生,赋予人们。

黑夜正无声地在繁星下面聚集，

海岸上有我熟悉的那海浪的沙沙低语般的声音这时灵魂正向着你

　　那里转，啊，你硕大而又隐蔽着的死哟，

身体同样怀着感激的心情紧紧地朝你依偎。

我自树梢上为你吹送一支歌，

它飘过起伏的海浪和无数的田地以及广阔的草原，

飘过熙熙攘攘的码头街道和人烟稠密的城市，

我带着欢乐为你吹这支赞歌，啊，死哟！

十五

和着我那心灵的节拍，

这只灰褐色的小鸟，在大声地歌唱着，

清越而又悠然的歌声，弥漫并且充满了黑夜。

在浓密的松杉与柏林当中大声唱着，

在芳香的大泽与清新的雾气当中清晰地唱着，

而我与我的同伴，在夜晚，却停留在那里。

本来我眼里那束缚着的视线到了现在解开了，

立刻便看到了长卷的图画。

我看到了无数的军队，

我似乎在静寂无声的梦中，见到了千百面战旗，

在炮火的烟雾当中举着，被流弹所洞穿，

于烟雾当中转战东西，被撕碎了，还染上了血迹，

最后旗杆上面仅剩下了几块破布，（一切全都沉寂了，）

这些旗杆也已经碎断并且劈裂。

我也看到了无数战士的尸体，
我看到了青年的白骨，
我看到所有阵亡战士们的残肢断体，
但我看到他们不像我想象的那样，
他们没有痛苦，完全安息了，
只不过生者留下来感到痛苦，
他们的母亲、妻、子与处于沉思当中的同伴感到痛苦，
还有那些剩下的军队感觉到痛苦。

十六

经过这些景象和黑夜，
经过握过又被松开了的我的同伴的手，
还经过了小鸟那隐藏着的歌声，那同我的灵魂很合拍的歌声，
胜利之歌，死之消逝之歌，永远变化并且多样的歌声，低抑而又悲
　　哀，清晰而又分明，起伏着、将整个黑夜都弥漫了，
悲哀、低沉、隐隐约约、更让人心惊，但最后又突变成了一种欢乐的
　　音调，
填满天空，普盖大地，
当我在夜间自静僻深处听到那强力的圣歌时，
我走过去，将你这带着心形绿叶的紫丁香留下，
我留你在庭园中，让你随每度春光归来，开放。

我要将我对你的歌唱停止了，
我将不再面朝西方、向你眺望、同你交谈、
啊，在黑夜当中你银白色的脸上发光的伴侣哟！

我要将这一切全部保留下，不让它随黑夜而消逝，

这歌声，这灰褐色小鸟的神奇歌声，

这合拍的歌声，我心深处的回应，

还有这怀满悲愁的，发光的，沉落中的星星，

听到小鸟的召唤而将我手握紧的我的同伴，

是的，同伴，我夹在他们之间，我要永远保留着有关于他们的记忆，

为了我所敬爱的死者，为了那在我一生当中和我的国土当中的最美
　好又最智慧的灵魂，正是因为他，

在那里，芳香的松杉以及朦胧阴暗的柏林深处，星星、紫丁香和小鸟
　与我的深心的赞歌全都融混到一起了。

1865—1866　　　　　　　　　　　　　　　　　　　1881

啊,我的船长!

啊,我的船长!那可怕的航程已经终了,

船只将每个难关都渡过,我们已经得到了寻求的奖品,

港口就在眼前,钟声已能听见,人们都在狂热地呼喊,

眼睛望着正稳稳驶进的船只,船儿坚定而又勇敢,

不过心啊!心啊!心啊!

啊,正在流滴着的是那鲜红的血,

我的船长在甲板上躺卧着,

人已倒下,呼吸完全停止了。

啊,船长!我的船长!请你起来倾听钟声的敲撞!

请你起来——旗帜正在为你招展——号角正在为你吹响,

为你才有花束与飘着缎带的花圈——为你人群才将海岸挤满,

为了你,汹涌的人群才会呼唤,殷切的脸才会朝着你看;

就在这里,啊,船长!我亲爱的父亲!

请将你的头靠着这只手臂!

甲板这地方简直像是一场梦,

你已经倒下,完全停止了呼吸。

我的船长并没有回答，他那嘴唇惨白而又僵冷，

我的父亲无法感到我的臂膀，他早已没有了脉搏与意志的反应，

船只已经安全地将锚抛下，旅程宣告完成，

胜利的船只已经达到目的，已将可怕的航程走完；

欢呼吧，啊，海岸，敲撞吧，啊，钟声！

我每迈一步都怀着悲凄，

船长在甲板上躺卧着，

倒下，并且已完全停止了呼吸。

1865—1866   1871

今天宿营地静悄悄

今天宿营地静悄悄，

亲爱的士兵们，让我们将黑纱蒙到那身经百战的兵器上，

每个人都心事重重地回到营房准备纪念，

我们那亲爱的司令员的死亡。

他已经不会再轮到生活的剧烈斗争，

也不会再有胜利或是挫败——不会再有时间将严重的事件带来，

像无休止的云朵似的冲锋般掠过晴空。

但是诗人，请用我们的名义来歌唱吧，

歌唱我们对于他的敬爱——因为你，是宿营者，你明白这种敬爱。

在他们入葬棺木时，

唱吧——在他的身上封闭泥土的大门时——唱首诗吧，

来表表士兵们那沉重的心情。

1865   1871

秋天的溪流

作为由此而造成的结果

似乎是大量夏雨所造成的结果①，
或是秋天任意泛滥的小河，
或是许多在两岸的芳草之间蜿蜒而过的溪水，
或是奔向大海的地下河流，
我唱着那不断的岁月之歌。

那生命常新的急流在先,(很快很快便要同死亡的古老河川汇合。)

有的同俄亥俄的农田或是林莽串联着，
有的自千年积雪的源泉流入了科罗拉多峡谷，
有的部分于俄勒冈隐藏，或者自得克萨斯朝南流淌，
有的于北部朝伊利湖、尼亚加拉瀑布以及渥太华寻找出路，
有的则奔向大西洋海湾，最终进入浩渺的洪洋。

在你和凡是细读我这本书的人身上，
在自己身上，在整个世界，这些滔滔的水流，
全都奔向了神秘的海洋。

---

① 在此诗人比喻自己已经自夏季进入了秋季。

那些用于去开创一个新大陆的水流，
自液态当中送往固态的前奏①，
海洋同陆地的结合，柔与沉思的水波，
（不只是安全平静，波翻浪涌的时候也同样凶险，
自深处，谁知自哪里呢？那些狂暴而又深不可测的骇浪，
带着咆哮涌上海面，卷过来很多断裂的桅杆与破碎的帆。）

或者自时间，那收集并且装载一切的大海，
我将一大堆漂积的杂草以及贝壳带了过来。

小小的贝壳，就那么古怪地进行着旋绕、那么清冷而又沉静的贝壳
　　啊，
小贝壳，难道你们，不愿意被系到神殿的鼓上，
继续对那些潺潺细语以及回声，和那遥远而又飘渺的永恒的音乐进
　　行召唤，
自大西洋沿海漂往内地的、被送给草原之灵的乐曲，
那絮语般的震颤，欢乐地给西部拨响的悦耳和弦，
你们的古老而又常新却无法译出的消息，
出于我自己的生命以及许多个生命的极其微小的东西，
（因为我不仅献出了自己的生活与岁月——并且全部，我献出了自
　　己的全部。）
这些漂流物，自深处高高地抛出并且变干了的，抛洒到了美国海岸
　　上的漂流物——正受着美利坚海岸的冲洗。

1876,1881　　　　　　　　　　　　　　　　　　　　　1881

----

① 惠特曼经常将灵魂的、精神的、永恒的称为液体，而将肉体的、
物质的、短暂的称为固体；同时还将前者称为海洋，后者称为大陆。

英雄们归来

一

为了这些田地与这些洋溢着热情的日子同时也为了我自己，
现在我暂时退居到了你这里，秋日那田间的土地啊，
我靠在了你的胸口，将自己献给了你，
答应你那明智而又平静的心脏的跳动，
为了你吟哦出了一些诗句。

啊，没有声音的大地，请放心给我一个声音吧，
啊，我的那些田地的收成，啊，无边无际的生长在夏天的作物，
啊，慷慨而又多产的棕褐色大地——啊，可以无限繁殖的母腹，
为了对你进行陈述，这里是一首歌。

二

永远都在这个舞台上，
对上帝那宁静的每年一剧进行着扮演，
壮丽的队伍，鸟雀们的歌，
最可以养育并且更新的灵魂的日出，

大海的汹涌,岸上的波浪,那些如同音乐般优美而又强大的波浪,

树林,粗又壮的树木,那窈窕的顶端为锥形的树木,

那些青草的无法数清的矮小军队,

那高温,阵雨,以及丈量不完的牧场,

和那雪景,以及风的自由管弦乐队,

伸展而又轻悬的云朵所构成的屋顶,那清澈的天蓝以及银色的条纹
　　流苏,

那些于高空逐渐扩大的星星,那些在宁静地招着手的星星,

那些正在流动的羊群、牛群,和那些翠绿的平原草坪,

全部各式各样的田地所展示的,全部的生长物与产品。

三

丰产的美利坚啊——今日,

你到处都是诞生与欢乐!

你在财富的重压下进行呻吟,你的富裕就像一件大袍那样将你裹
　　住,

产业过大的苦楚令你高声大笑,

一种受到多重缠绕的生活就像交错的藤蔓那样将你全部的广大领
　　土都缠住了,

像一艘大船载着货物直到水边那样,你驶入了港口,

像天上降雨大地就会升起蒸汽,你也一样,宝贵的产值降落到了你
　　的身上,又自你那里兴起,

你为全球所羡慕! 你是个奇迹!

你,在丰收当中接受沐浴,无法透气,游泳着,

你是那些宁静谷仓的幸运"主妇",

你是坐在中央眺望着自己世界的"草原夫人",东看看西望望,

你是分配者,一句话便施舍了一千英里,百万农庄,却像什么事情都

没有发生那样，

你是一切的接待者——你好客，（你的好客也只不过就像上帝那
  样。）

四

最近我唱歌的时候声音是悲伤的，

我四周所展示的一切都是悲伤的，那震耳的仇恨声以及战争的硝
  烟；

我在冲突当中树立着那些英雄，

或是缓步在那些伤员以及垂危者的中间走过。

不过现在我并不歌唱战争，

也并不歌唱士兵们那有节奏的行军或是营地的帐篷，

也并不歌唱急忙前来为战斗而部署的兵团，

并不再歌唱那些不人道的悲惨的战争场面。

那些不朽而又精神饱满的队伍，那些走在最前头的军队是在对地盘
  进行寻找吗？

哎呀，是那些鬼魂一般的队伍，那些随后而来的可怕军队在对地盘
  进行寻找。

（朝前走，朝前走，你们这些骄傲的军旅，那踏着步的具有发达肌肉
  的双腿，

你们那年轻而又健壮的肩膀，你们的背包以及步枪；

我站在那里望着你们开步行军的时候是多么的情绪高昂啊。

朝前走——然后再擂一下鼓，

因为一支军队已经出现了，啊，另外一支正在集合的军队，

人头骚动，紧紧跟在后面，啊，你这支正在增长的令人生畏的队伍，

啊，你们这些可怜的兵团，那致命的腹泻与发烧，

啊，我那国的受了伤残的亲人，那被大量血污了的绷带以及拐杖，

看哪，你们那苍白的军队已经来到眼前了。）

五

不过在这些光明的日子里面，

在这些范围宽广的美景面前，大路以及小巷，那些被堆得高高的农

　　家大车，还有水果以及谷仓，

死者应当闯入吗？

啊，我觉得死者并不会起什么破坏作用，他们同大自然非常协调，

他们非常适合那树下、草上的景致，

以及在远处出现，沿着天边的地平线。

我也没有将你们这些"已去世的人们"忘记，

也没有在冬天或是夏天将你们忘记，我那些已经失去了的人们，

不过特别像在目前这样的户外，在我全神贯注与安宁时，像令人感

　　到愉快的幽灵，

有关于你们的回忆在出现，并且悄悄地自我身边经过。

六

那天我看到了英雄们的归来，

（不过那些无敌的英雄们却再也不会回来了，

那天我并没看到他们。）

我看到那无法走完的军团,我看到大队的人马,

我看到他们分队前来,鱼贯而过,

朝北方走去,他们已经完成了任务,有时候成堆地在宿营在强大的
　　宿营地。

不是度假的兵士——年轻,而又老练,

疲惫、黝黑、健壮、英俊,是庄稼人与工人的血统,

已经受过很多次漫长战役与艰苦行军的锻炼,

已经习惯于很多次血战的战场。

暂停——军队正在等待,

百万精壮的经受过战争考验的胜利者们正在等待,

世界也同样在等待,然后便像拂晓那样轻柔,黎明那样肯定,

他们融解了、不见了。

欢呼吧,田地!啊,胜利的田地!

你们的胜利并不在那些通红而又颤抖着的战场上面,

你们的胜利在此地在今后。

你们这些军队,融解,融解吧——解散吧,你们这些穿着蓝色衣服的
　　兵士,

将原来的样子恢复吧,永远将你们凶残的武器放下吧,

今后对于你们来说,不管是南方或是北方,你们的园地都将不再
　　是武器,

将有更为理智、甜蜜,对生命进行繁殖的战争。

七

再响亮些吧,啊,我的歌喉,再明朗些吧,啊,灵魂!
这是一个感恩的季节,是一个充分收获的声音,
是一曲因为无限的繁殖力而感觉到欢乐强大的颂歌。

全部已耕或是未耕的田地都展开在了我的面前,
我看到的始终是我们民族的真正活动场所,
人们那单纯而又健康的活动场所。
我看到英雄们在从事其他的劳动,
我看到他们手中所挥舞着的更好的武器。

我看到"一切之母",
我用无所不见的眼睛进行着守望,长时间地凝视并且计算着所收集
    起来的各种产品。

那被日光照耀着的遥远的日光全景显得十分繁忙,
果园,大草原,北方的金黄谷物,
南方的大米和棉花,路易斯安那的甘蔗,
未下种的开阔的休耕地,种植着三叶草与猫尾草的肥沃的土地,
牛群与马群在吃草,成群的羊与猪,
很多条正在奔流的庄严的河,很多条欢乐的小溪,
那健康的山地上吹着带有香草味的微风,
还有那可爱的草原,那在不断重新长出的青草如同奇迹一般肥美。

八

英雄们,继续劳动吧! 将产品收割下来!

不只在那些交战的战场上面，那"一切之母"，
才巍然将眼睛闪动着守着你们。

英雄们，继续劳动吧！好好劳动！好好对那些武器进行使用！
"一切之母"就如同过去一样一直都在这里守着你们。

你看到的是拥有愉快的心情的美利坚，
在西部田野里四处爬行的那些怪物，
那些很神圣的人造发明，那些节约劳动力的工具；
你还看到在各个方向都行动着的那像是充满了生命的正在转动的
草耙，
凭借蒸汽来运转的
收割机与凭借马力来
运转的机器，
那些机械：打谷
机和整谷机，将干
草分离出来，用着
灵活的专业干草
叉，
你看到的是那
更为新式的锯木
床，那来自南方的
轧棉机与春米机。

在你的眼皮底
下，啊，"母亲"，

英雄们便是用他们自己那有力的双手来使用这些以及其他来进行
　　收割的。

都在采摘或是收割，
然而如果没有你，啊，"强大的"，就不会有一把镰刀如同现在这样稳
　　稳地挥动，
不会有一株玉米秆那丝绸般的流苏如同现在这样太平地飘动着。

只有在你的看守下他们才会收割，甚至于一小叶干草也只不过是在
　　你那伟大的脸的照看下，
收割俄亥俄、威斯康星、伊利诺伊的小麦，每片刺手的叶片也全都在
　　你的眼皮底下，
收割密苏里、田纳西、肯塔基的玉米，每一穗都在它那浅绿色的叶鞘
　　里，
收拾干草，将数不完的一堆堆放入喷香而又宁静的谷仓，
燕麦入仓，密歇根的土豆、荞麦也进入它们的谷仓；
对密西西比或是亚拉巴马的棉花进行收摘，将金色的佐治亚和南、
　　北卡罗来纳的甜薯挖掘并且收藏，
剪取那加利福尼亚或是宾夕法尼亚的羊毛，
将中部诸州的亚麻，或是边区的大麻和烟草割下，
摘下豌豆与豆荚，揪下树上的苹果与藤上一串串的葡萄，
或是任何在全部各州或北或南的已经成熟的东西，
就在光芒四射的太阳与你的眼皮底下。

1867　　　　　　　　　　　　　　　　　　　　1881

W. H. D. Koerner 14

神圣死亡的低语

神圣死亡的低语

我听到神圣死亡在喃喃低语，
黑夜里那唇音的连篇闲话和齿音的合唱歌曲，
脚步轻轻攀登，神秘的微风轻柔而又低声地吹动，
看不到的河水细浪，一股潮水在流，永久在流，
（还是泼洒的泪花？人类眼泪那弹不完的水花？）

我看到，就在天边，那巨大的云块，
它们忧伤地在缓缓翻滚，默默增大，然后又融合到一起，
有时候有颗悲愁的半明半灭的远星，
出现了，又看不见了。

（或许是某种新生，某种庄严而又不朽的诞生；
在边远的地带，为目力所不及。
有个灵魂正在路过。）

1868   1871

承 诺

我不需承诺，我是个全心全意关注他自己的灵魂的人；

我不怀疑自我意识到的脚下、双手以及脸旁，

出现了我未曾意识到的脸正在望着，

安详而又实际存在的脸，

我不怀疑世界的美以及庄严潜伏于世界的每个方寸当中，

我并不怀疑自己是无限量的，宇宙也是无限量的，

我简直无法想象有多么的无限量，

我不怀疑星球以及星球系统在空中迅速游戏是有目的的，

并且有朝一日我也会具备条件进行与它们同样的活动，

并且还会超过它们，

我不怀疑暂时性的事情还会继续下去，

直到千百万年，

我不怀疑内部自有它们的内部，

外部自有它们的外部，

目力之外还会有目力，听觉之外还会有听觉，

一个声音还有其他的声音，

我不怀疑为人尽情痛哭的青年人的死是早有安排的，

少妇以及小孩子的死是早有安排的，

（难道你觉得"生命是有非常好的安排的"，但"死亡"，

即所有"生命"最终的意义却没有非常好的安排吗？）

我不怀疑海上的沉船，无论有多么恐怖，无论谁的妻子，

孩子，丈夫，父亲还是情人，葬身海底，

每点每划都是安排好的，

我不怀疑何时何地有可能会发生些什么事情，

按事物的内在规律全都是有安排的，

我不认为"生命"为全部，

也为"时间"、"空间"做好了安排，

不过我认为"神圣的死亡"为全部都做好了安排。

1856   1871

那永远在我四周的音乐

那永远在我四周的音乐，从来都不停止，从不仅是开始，然而长期以
来我因为没有受过教育而并没有听到，
不过现在我听到了那个合唱曲并且感到非常兴奋，
我听到一个男高音，有力度，强大并且健康地在向上升，将黎明那欢
快的调子唱了出来，
一个女高音在活泼地不时在巨浪的浪峰上面航驶，
一个透明的男低音于宇宙之下并穿过了宇宙在丰满地进行颤抖，
那凯旋式的合奏，那与甜蜜的长笛以及小提琴相伴的送葬时的哭号
声，我让全部这些声音将自己装得满满的，
我不仅听到了音量，我为那些优美的含义感动了，
我对里外盘旋着的各种不同的声音进行着倾听，它们正努力以强大
的热度竞争着，力图在感情方面超过对方，
我并不觉得演奏家本人能够体会——不过现在我认为自己已开始
对他们表示理解了。

1860   1863

一只沉默且又坚韧的蜘蛛

一只沉默且又坚韧的蜘蛛，

我意识到它孤立地停落到了一个小小的海岬上，

我意识到它如何在空旷的四周探索，

从自己的体内吐出了一缕又一缕的细丝，

不停地抽丝，不知疲倦地加速抽吐。

而你呢，啊，我的灵魂，你停留的地方，

为空间的无边海洋所包围并且隔离，

你不停地在沉思、试探、投送着，在各个范畴里面搜索着以便将它们

　　连接起来，

直到你所需要的桥梁已经形成，直到那顺手的铁锚已经固定，

直到你所抛出的游丝将某个去处搭住，啊，我的灵魂！

1868　　　　　　　　　　　　　　　　　　　　　　1881

给一个将要死去的人

我自众人当中挑选了你,因为有个信息告诉你,
你是注定要死去的——无论别人怎样对你说,我都不能说谎,
我既严格而又无情,不过我爱你——你没有办法逃脱。

我轻轻将我的右手放到了你的身上,请你摸一下,
我不争辩,低下头紧靠着它,几乎将它完全挡住了,
我悄悄地坐到一旁,我始终忠诚,
我不仅是护士,不仅是父辈或者邻居,
我开脱了你的全部罪责,但不包括你自己的那种精神性质的肉体,
　　它是永恒的,你自己必定能够逃脱,
你留下的尸体仅有可能是粪土。

太阳自意想不到的方向钻了出来,
你将会充满有力的思想与自信,你微笑了,
你忘记自己是有病的,正如同我忘记你是有病的,
你看不到那些药品,你不将哭泣着的朋友放到心上,有我与你在一
　　起,
我自你身边将别人排除了,没有什么值得怜惜的,
我并不怜惜,我祝福你。

1860　　　　　　　　　　　　　　　　　　　　1871

大草原的夜

大草原的夜；

晚餐已经吃罢，地上的火种微弱了，

那疲惫的移民正在裹着他们的毡子睡觉；

我单独踱步——我站在那里望着那些星星，现在我想自己过去从来
都没有如此认清过它们。

现在我深刻地接受了不朽和和平，

我羡慕死亡并且在试验各种可能性。

多么的丰富！多么的富于精神价值！多么的富于总结意义！

仍是那个老人和灵魂——仍是那些昔日的向往，以及同样的心满意
足。

我还觉得那天是最辉煌的一天，直到我见到了不是那天所展示的一
切，

我还觉得这个地球已经足够，直到我四周又有那么多的其他地球静
悄悄地跳了出来。

趁我现在满心都是有关于空间以及永生的伟大思想时，我肯定要用

　　它们的标准来对我自己进行衡量，
现在我对其他地球的生活进行了接触，它们的到来同大地的生活差
　　不多是同时的，
它们或者是正在等待着到来，或者是已经将大地的生活超过，
今后我不会再对它们全然不顾，正如我不会对自己的生活全然不顾
　　那样，
不会对与我自己的生活同时来到的大地的生活，或是那些等候着到
　　来的生活全然不顾。

啊，现在我懂得生活不可能向我展示一切，正如某天也不太可能会
　　这样做，
我懂得自己应该对死亡将要展示的一切进行等候。

1860　　　　　　　　　　　　　　　　　　　　　　1871

从正午到星光灿烂的夜晚

你这高高在上、光照令人
非常眩晕的星球

你这高高在上、光照令人非常眩晕的星球!
你这个火热的,十月的正午!
你令灰色海滩的沙土泛滥起灿烂的阳光,
还有那拥有着远景与泡沫的正在唑唑的近海,
茶色条纹、各式阴影以及四处铺开的蔚蓝;
啊,那正午的灿烂太阳! 我特别有话要对你说。

明亮的太阳,听我说!
你是我的情人,因为我一直都在爱着你,
甚至在那晒太阳的婴儿时期,
后来是独自一人于林边的快乐少年,
你自远处落到我身上的光线早已足够,
作为成年、少年或是老年,
就如同我现在这样,我召唤着你。

(你不可能用你的沉默来欺骗我,
我早已懂得从来大自然都是
　　对那合适的人表示服从,

虽然没有用话进行回答，天、树，

都听到了他的声音——但是你呢，啊，太阳，

至于你那痛苦、不安，

那巨大的火焰突然间爆发，射出了利剑，

我对它们表示理解，我深深地懂得那些火焰和不安。）

你与你那催生果实的热与光，

普照那些不计其数的南北农庄，大地与湖泊，

普照密西西比河中那流不尽的河水，

得克萨斯的草原，

和加拿大的树林，

普照那转脸过来朝着那正在空间照亮着的你的所有地球，

你不偏不倚地将这一切拥抱，不仅是大陆，海洋，

你慷慨地把自己献给了葡萄、杂草以及小小的野花，

请将你自己赐给我的所有一切，包括我自己在内，

哪怕仅是自你那千百万支光芒当中留下的稍停即逝的那一缕，

请深入这些诗篇。

不要仅为这些诗篇而放射你那微妙的光辉以及力量，

请也为我的黄昏作准备——为我那越来越长的影子作准备，

为我那星光灿烂的夜晚作准备。

1881   1881

写给冬天里的一个火车头

你为我提供了一首朗诵诗,

就像现在这样,你在急骤的风暴当中,下着雪,冬日黄昏时分,

你身穿铁甲,那规则的双声正在跳动,还有你那痉挛一般的节拍,

你那黑色的圆柱形身体,黄金一般的铜以及白银一般的钢,

你那笨重的旁杆,平行的而又起着连接作用的摇杆,在你的身旁旋
　　转着,穿梭一般向前推进着,

你那韵律,时而增强,便喘着气吼叫,时而又在远方消失,

你那巨大隆起的照明灯在前面牢牢固定着,

你那长又灰的正在飘浮的气体所构成的三角旗,略微带着浅紫色,

浓黑的云雾自你那烟囱里面一阵阵地冒出,

你那结实的身体,你的弹簧以及阀门,你那些轮盘所发出的微微颤
　　抖着的闪光,

你拖在后面的列车,顺从而又欢乐地跟随着,

无论大风还是无风,都时而快速,时而缓慢,一直不停地进行着奔
　　驰;

现代式的典型——运动和力量的象征——大陆的脉搏,

为诗人的灵感进行了一次服务,并且融化在了诗句当中,就像我在
　　这里见到你的时候那样,

伴随着风暴,阵阵狂风以及飘落着的雪,

白天里你将震耳的警钟敲响,

黑夜里你将沉默的信号灯摇晃。

喉音尖亮的美人!

令你那无法无天的所有音乐在我的颂歌里面滚动,晚上是你那些正
　　在晃动的灯盏,

你那呼啸着的放肆笑声像地震那样发出了隆隆的回响,将众人惊
　　醒,

你自己就是所有的律法,坚定地将你自己的轨道掌握住,

(你没有那带有哭腔的竖琴式的轻松以及甜美,或是流畅的钢琴声
　　的轻灵,)

岩石以及丘陵将你尖叫声的颤音送了回来,

径奔广袤的草原,跨越湖泊,

欢快而又健壮地直上无拘无束的自由天空。

1876　　　　　　　　　　　　　　　　　　　1881

全部都是真理①

我这个人啊，这么久了信仰还不坚定，

这么久了还远远地站在一旁，对部分事物抱有否定态度，

直到今天我才体会到严密而又早已被到处传扬的真理，

直到今天我才发现并没有谎言或是某种形式的谎言，也不可能会
  有，

它不可避免地生长在它自己的身上，正如同真理也在自己身上生长
  那样，

或是像大地的每个法则或是每项自然产物。

（这非常奇怪并且可能不会马上便认识到，不过必须认识，

我感到我本人同别人一样代表着虚假，

并且整个宇宙也都是这样的。）

什么是没能完全回归的，不管是谎言还是真理？

是回归地上，还是在水里火里？或是在人的精神里和血肉里？

---

① 在这里惠特曼深受黑格尔的影响。真理与虚假也如同善与恶，
正与负一般，相互吸引，相互依赖。短暂的微观世界包含在了永恒的宏观
世界当中。

在说谎者中间默默进行着思考,严峻地后退到我自己,我发现其实
  并没有什么说谎者或是谎言,
没有什么是不可以完全回归的,并且被人称为是谎言的实际上是非
  常完全的回归,
每件事都能够准确地代表它自己以及它在此之前的全部,
真理包括所有一切,是严密的,正如同空间是严密的一样,
真理的总和里面没有缺陷或是真空——一切都是真理,没有例外;
今后我将赞美每件看到或是属于我的东西,
唱歌和欢笑,什么都不否认。

1860   1871

关于一首谜语的歌

是这首诗以及任何其他的诗都无法掌握的，

最灵敏的耳朵没听说过，最明亮的眼睛或是最巧妙的头脑没有形成
　过，

不是传闻，不是名声，也不是幸福和财富，

然而却是世界上不停地在搏动着的每个心房以及生命的命脉，

是你我以及所有探索者永远都想得到却得不到的，

公开的但却仍是个秘密，是真实当中最真实的，同时也是个幻觉，

不值钱，每个人都能够拥有，但又不属于任何人所有，

诗人们想要用韵文、历史学家想要用散文将它写下来，但却不能，

到现在，雕塑家还未能将它刻出，声乐家未能唱出，

画家未能绘出，演说家或是演员也从未能够说出，

此时此地，我用自己的这首歌向人们进行挑战。

不管是在公共场合，私人经常去的地方，一个人独处的时候，

在高山以及树林的背后，

它是城市里面最热闹的街上的同伴，集会的时候，

它以及它的辐射热经常悄悄滑过。

在美丽而又不自觉的婴儿的脸上，

或是奇怪地在棺材内的死者身边，

或是在天微明或是深夜的星光下，

像某种梦境内的渐渐消融的薄膜。

它在躲避然而又不舍得离去。

两个轻轻呼出的词便能够将它包含，

两个词，但却自始至终包括了所有。

为了它又是多么热烈地追求啊！

有多少船只为了它航驶或是沉没！

有多少旅行者离开了家却永远没有回来！

有多少天才勇敢地抛下赌注却又输掉了！

有多少数不清的被累积起来的美，爱，为了它而甘冒风险！

自有"时间"以来所有壮丽的事业又是怎样都能够在它身上找到了

　　根源——并且将会永远如此！

所有英勇舍身又怎样都是为了它！

世上的恐怖事件，罪恶，战斗，任何一项都是以它为依据！

它的明亮、迷人、而又轻轻摇曳着的火焰又是如何在每个时期和国

　　家将人们的目光吸引了的，

就像挪威海岸边那日落、天空、岛屿以及峭壁一样富丽，

或是像不可企及的午夜那沉默而又光辉的北极光，

或许它是上帝的谜语，那样模糊而又那么肯定。

灵魂在追求它，眼前的整个宇宙都在追求它，

最后天堂也开始追求它①。

1880　　　　　　　　　　　　　　　　　　　　1881

----

① 曾经人们认为谜底为"事业"（也便是"古老的事业"，"good cause"或者"old cause"），也有的人认为是"理想"（"The Ideal"）。

高出一筹

是谁走得最远？我要比他走得更远，

是谁一直非常公正？我要做世上最公正的人，

是谁最谨慎？我要比他更为谨慎，

是谁一直最幸福？啊，我想是我——谁都不会比我更幸福，

是谁挥霍了一切？我一直都在挥霍着我最好的一切，

是谁最骄傲?我想我自己有理由认为自己是活着的儿子当中最骄傲
　　的——因为我是那个顶峰最高,肌肉最结实的城市的儿子,

是谁一直最勇敢并且最忠实?我要做宇宙当中最勇敢、最忠实的人,

是谁仁慈？我要表现得比任何人都仁慈，

是谁得到了最为多数的朋友的友爱?我清楚得到很多朋友的热情是
　　什么样的一种滋味,

谁有一副完美而又为人所迷恋的身体?我认为没有人能够比得上我
　　的身体那样完美或是为人所迷恋,

谁的头脑里面具有最宽阔的思想？我要将那些思想包揽，

谁曾写出同这个地球相适合的赞美诗?我如同疯了一般全心全意要
　　为整个世界写下最为欢畅的赞美诗。

1856　　　　　　　　　　　　　　　　　　　　　　　1881

你身上的最大优点

(致周游世界之后回国的格兰特将军)①

你身上的最大优点，

不是你在沿着历史的大道前进，

永远不为时间所冲淡而是同战斗的胜利一样光芒四射，

也不是由于你坐在华盛顿所坐过的地方，和平地对国家进行着统
　　治，

也不是由于你是封建的欧罗巴盛宴进行招待的人物，年高而又德劭
　　的亚细亚拥挤着走到了你的身旁，

你迈着稳健的步子同帝王们绕着地球散步，

而在外国,在你同帝王们同路而走时，

那些西部、密苏里、伊利诺伊、堪萨斯的大草原的统治者，

印第安纳以及俄亥俄的千百万人、同志、士兵、庄稼汉,都走在前列，

虽然看不到,却和你在一起同帝王们迈着稳健的步子绕地球散步，

并且全都那样丝毫没有愧色。

1881　　　　　　　　　　　　　　　　　　　　　　　　　1881

---

① 在当了总统八年之后,1877 年春，格兰特开始周游世界，并于
1879 年 9 月回国。在英国、欧洲以及远东,他都受到非常光荣的接待。

我步行在这些宽阔而又庄严的日子里时

我步行在这些宽阔而又庄严的和平日子里时，
（由于战争这血的搏斗早已结束，这时啊，奇妙的理想，
不久前将巨大的不利条件战胜了，已经光荣地取得了胜利，
目前你大踏步向前，但或许过一段时间便会走向更为艰难的战争，

或许会在某个时期卷入更为可怕的战斗与危险，
更加漫长的战役与危机，前所未有的苦役，）
我在自己的周围听到世界所发出的喝彩声，政治，科学，
产品，宣告公认的事情，
受欢迎的城市的成长以及新发明的传播。

我看到那些船舶,(它们能够维持几年,)

巨大的工厂与那里的工头以及工人,

还听到一切都得到了赞同,我也不反对。

不过我也对实实在在的东西进行了宣告,

科学,政治,船舶,城市,工厂,都不应被否定,

像是一个宏伟的游行队伍,随着远处号角的音乐涌了上来胜利地前

　　进着,更加宏大地出现在了眼前,

他们代表着种种现实———一切都理应如此。

之后是我的现实;

有什么能够比我的更加现实的呢?

自由与那神圣的平均数,将自由交给地面上的每个奴隶先知先觉者

　　所指出的那令人神往的许诺与光明,那精神世界,

这些唱多少个世纪都不衰的歌曲,

还有我们想象的以及诗人们的远景,是比任何东西都实在的公告。

1860　　　　　　　　　　　　　　　　　　1881

离
别
之
歌

日落时的歌

已经结束的那天的彩霞令我漂浮,将我灌满,

是充满预兆和追溯往昔的时刻,

我将喉咙提高,你这神圣的平凡,

我对你这大地与生命直到最后的一线光芒进行歌唱。

我的灵魂张着口在倾吐快慰之情,

我灵魂的眼睛看见了完美,

我的自然生命在对事物进行着忠诚的赞颂,

永久确认事物的巨大胜利。

每人都闪光!

我们称之为空间,那无数的精灵所属的领域是闪闪发光的,

闪光的是所有生命运动的奥秘,甚至于那最细小的昆虫,

闪光的是感官、肉体和说话的特性,

闪光的是那转瞬即逝的光——闪光的是西天新月上的苍白反照,

闪光的是我自始至终都看到、听到、接触的全部。

善存在于所有事物当中,

动物的满足以及自信,

每年都会回来的四季,

青年时的欢闹，

壮年时的力量与旺盛，

老年的庄重与精致，

死亡的壮丽前景。

告别够奇妙的！

留在这里够奇妙的！

心房将人人皆有并且天真无邪的鲜血喷射出！

呼吸空气，是多么美妙啊！

说话——走路——用手将一样东西抓住！

准备睡觉，上床，看着我那玫瑰红的肉体！

意识到自己的躯体，是如此满足，是如此魁伟！

我将成为这不可思议的上帝！

曾经同其他的一些上帝同行，这些为我所爱的男人以及女人！

多奇妙，我是如何赞美你们与我自己的！

我的思想是如何微妙地体验着四周所见的全部的，

云彩又是如何在头上悄悄走过的！

大地是如何不停地朝前突进的！星星，月亮，太阳是如何不停朝前突

　　进的！

水是如何又游戏又唱歌的！（它一定活着！）

树木是如何起来站直的，那坚挺的树干，还有枝丫与树叶！

（一定每株树还不仅是这些，肯定还有活着的灵魂。）

啊，事物是多么的令人惊奇——甚至于那最微小的粒子！

啊，事物的精神性！

啊，经历了每个时代和大陆的正在流动的音乐旋律，目前来到了我

　　与美利坚的身边！

我将你宏伟的和声采纳并且散布了它们，愉快地将它们向前送。

我还欢歌太阳，在它初升或是正午时，或是像现在，正在西沉，

我也伴随着大地的所有生物的头脑以及美妙共同搏动，

我也曾感受到那无法抗拒的自我在召唤。

当我乘船顺密西西比河而下的时候，

当我在大草原上四处漫游的时候，

曾经我生活过，我通过自己的窗口，即我的眼睛向外张望我清早出
　　门去，看到东方正在破晓，

我在东海沙滩上洗澡，又到西海滩上洗澡①，

我漫游在内陆的芝加哥大街上，无论漫游过哪些街道，

或城市，或静悄悄的树林，甚至于在战争场合，

无论我到哪里，我领自己装够了满足与胜利。

我始终都歌唱着现代或是古代的平等权利，

我歌唱着事物的毫无尽头的终曲，

我是在说大自然和光荣都一直在继续，

我用电般的声音赞颂，

由于我在宇宙当中没有见到过残缺，

我从来没有见过宇宙当中有一桩可悲的前因或是后果。

啊，西斜的太阳！时间已经到来，

如果没有其他人歌唱，那么就还是让我在你的下面歌唱我对你那从
　　未减弱过的崇敬吧。

1860   1881

----

① 惠特曼从来都没有到过大平洋岸边，但自希腊的航海员的那个
时代以来，"西海"便象征着极远方与不可企及之地。丁尼生曾经在故事
诗《公主》当中写过《西海的星星》这首歌，这是惠特曼非常熟悉的。

绿色兵营

经过了战争而白了头的那些旧日伙伴们,他们的兵营不是绝无仅有
　　的,
当经过了一次漫长的行军后再次接到前进的命令时,
走痛了脚而又疲惫,在天光渐暗的时候我们停留下来过夜,
我们当中有些人负枪背包实在是疲惫不堪的就地倒了下去睡着了,
有些则是将小小的帐篷支起,被点着了的火开始发亮,
在黑暗当中四周布置起了警戒的岗哨,
部署了口令,来作为安全措施,
直到拂晓的时候鼓手们才发出了号令,大声将鼓击打着,
我们起来的时候恢复了精神,黑夜与睡眠已经结束,又重登了征途
　　或是准备进入战斗。

看啊,由绿色的帐篷所组成的兵营,
和平的日子里它们不断保持满员, 战争的日子里它们不断保持满
　　员,
这是一支神秘的军队,(同样命令它前进吗? 也只是暂时性的休息,
　　直到将黑夜和睡眠度了过去?)

现在那些绿色的兵营内，它们那遍布世界的帐篷里，

在父母、妻子、丈夫、子女的中间，在年老的以及年轻的人中间，

睡在阳光下和月光下，在那里既满足又沉默，

看哪，再次出现了最强大的宿营地以及等候着任务的营盘，

那是属于全部军团与将军们的，全部军团以及将军的上面是总统，

而我们每个人，啊，士兵，我们都在自己的队伍内战斗，

（那里没有任何仇恨，我们都会合在那里。）

因为过不了多久，啊，士兵们，我们也将会各就各位地宿营在绿色的

　　宿营地，

不过我们不需要布置岗哨和安排口令，

也没有鼓手于清晨时击鼓。

1865　　　　　　　　　　　　　　　　　　　　　　　　　1881

它们即将结束的时候①

在它们将要结束的时候，

关系到从前写下的诗歌有什么寓意——我在其中有什么目的，

我想将什么种子在其中播下，

其中多年以来是欢乐，蕴含着甜蜜的欢乐，

（我是为了它们而生活的，当中有我工作的结果，）

关系到很多我最心爱的向往、很多梦想以及计划；

通过空间以及时间而凝聚成一首歌，还有那永恒的正在流动的特
　　性，

献给包括这些和上帝的"大自然"——献给所有的欢乐，

所有充满电力的东西，

献给那有关"死亡"的意识，并且同生命一样，对死亡也同样接受并
　　且感到特别兴奋，

歌唱人类的进入大门；②

为的是同你们结为一体，你们这些已经区分的各种不同的生灵，

目的便是让山岳、岩石以及流溪，

北方的风以及橡树同松树丛生的密林，

以及你，啊，灵魂，结成那样和谐的关系。

1871　　　　　　　　　　　　　　　　　　　　　1881

---

① 这里的"它们"是指诗人平生写下的诗歌。

② 惠特曼经常认为"死亡"为人类进入永生的大门。

是向堤岸演唱终曲的时候了

目前是向堤岸唱终曲的时刻了，

目前，陆地以及生命已经结束，是时候说再见了，

目前航海者动身了，（还有很多很多在等着你，）

你于海上探险的经历早已够频繁，

谨慎地航驶，对各种海图进行研究，

到时又该进埠回到应该将抛锚的绳索拴住的地方，

不过现在是该将你那心爱的秘密心愿实现的时候了，

拥抱你的朋友，将一切都安顿好，

不用再回去抛锚靠岸，

将你那没有止境的航程开始吧，老水手。

1871   1871

再 见!

作为结束,我宣布自己的后事。

我记得自己的草叶还没有萌生前我说过,
我将会提高自己那欢快而又有力的嗓音,对最后的顺利完成进行歌
　唱。

美利坚在完成自己所许下的诺言时,
成千上万个最优秀的人物走过这个国家时,
其他人为最优秀的人物让路并为他们服务时,
各种类型的最完美的母亲在代表着美利坚时,
我同属我的一切才会得到应有的成果。

我曾经按照自己所应有的权利顺利地通过了压力,
我曾经歌唱肉体与灵魂,战争与和平,
还有那生与死之歌和诞生之歌,并指出有很多种诞生。

我曾经为每个人都提供了我的风格,我曾经信心十足地踏上了征
　程,

我在心情还很愉快时便悄悄地说"再见"！

并最后一次将那位女青年和男青年的手握住。

我宣布了顺乎自然的人将要站起来，

我宣布了正义的胜利，

我宣布了毫不妥协的自由以及平等，

我宣布了应该有的坦率以及应该有的骄傲。

我宣布了这个国家的个性只不过是一个单独的个性，

我宣布了联邦越来越团结，不可溶解，

我宣布了各种各样的光辉以及庄严以便令地球上所有过去的政治

　变得没有任何意义。

我宣布了黏着性①，我说它将是无限并且不会松开的。

我说你最终将会找到那个你一直都在找的朋友。

我宣布了一个男子或是妇女正在前来，或许你便是那个人，

（"再见"！）

我宣布了那个伟大的个人，同大自然一样是流体的，贞洁，

仁慈，多情，全副武装。

我宣布了一种将会是特别丰富的，感情激越的，理直气壮的属于精

　神生活，

我宣布了一种将能轻巧而又欢乐地得到转译的最终结果。

———————————

① 颅相学术语，一种来对友谊进行标示的特性，即男性间的伙伴感。

我宣布了不计其数的美丽、魁梧而又血统纯正的青年。

我宣布了一代辉煌而又粗野的老年人。

啊,越来越快,越来越多——("再见"!)

啊,一齐朝我涌来,挤得太近了,

我所预见的太多,这比我所设想的更有意义,

我似乎马上便要死去。

快些吧,喉咙,将你最后的声音发出来,

向我致敬——再次向这些日子致敬,再次发出那古老的呼声。

如电流一般尖叫,利用这大气层,

随意地望一望,我注意了每个人都在吸收,

飞速前进,不过也要稍微降落下来,

投递着加着封套的奇妙的信息,

闪着热光,将轻灵的种子投入秽土,

我自己却并不清楚,我接受着交给我的委托,从不敢怀疑,

将种子的成长留给一代一代的后代,

给于战争当中集合起来的部队,我将任务交给他们推广,

我将自己的某些悄悄话留给了妇女们,她们的多情更能够清楚地将
　　我的一切说明,

我将自己的问题交给了青年们——我并不是浪费光阴的人——我
　　正在考验着他们那头脑的肌肉,

就这样我走过,在极短的时期内发出声音并出现在人面前,

同人对立,

到后来是个音调美妙的回声,这是热情地追求所得来的,

(死亡令我能够真正不死,)

在肉眼看不到我时将我的精华留下了,因为我所不停地准备着的便

是它。

还有什么其他的令我没有闭上嘴但却拖延,暂停并且蹲下卧倒呢?
有没有最后一次绝无仅有的告别?

我将自己的歌停止了,我舍弃了它们,
我自我躲着的屏风后面走出来仅向你一人走去。

伙伴啊,这并不是一本书,
谁对它进行接触便是接触一个人,
(是黑夜吗? 仅有我们两人在一块儿吗?)
那你所拥抱而又拥抱着你的便是我,
我从一页页的书中跳入了你的怀里——死亡召唤着我走出来。

啊,你的手指真令我困倦,

你的呼吸就如同露水一般落在了我的周围,你的脉搏令我的耳鼓得
　以安息,
我自头到脚全都浸透了,
非常香甜,够了。

够了,啊,没有准备却又秘密的行动,
够了,啊,将要悄悄过去的当前——够了,已经总结了的过去。

无论你是谁,亲爱的朋友,请接受这个吻,
这个吻是我特意送你的,不要将我忘记,
我感觉像个完成一天工作而暂时离开的人,
目前我又接受了自己的多次转译,我自我那些化身①当中上升,
而此时其他人无疑正在等候我,
一个比我的梦想更为真实更为直接的并不清楚的范畴在我四周放
　射出了催我苏醒的光芒,"再见"!
请将我的话记住,我可能还会回来,
我离开了物质,我爱你,
我像是个丧失了躯体的人,我凯旋了,死了。

1860　　　　　　　　　　　　　　　　　　　　　　　1881

---

① 原文 avataras 是个梵文字(英文为 avatar),意思为"神的化身",
印度教中意为"神的出现"。

后 记

美国现代诗歌之父沃尔特·惠特曼是十九世纪著名的诗人、人文主义者。由于早年受到民主主义者托马斯·潘恩和爱默生的深远影响,他具有非常强烈的民主倾向以及空想社会主义思想。1839 年起,他开始进行文学创作。1850 年,开始在报纸上发表自由诗,表达自己对大自然的热爱和自由民主生活的赞颂。

惠特曼的经历,令他一反当时美国文坛脱离生活的陈腐贵族倾向,不为附炎宗教与现行制度而创作,也不附庸于上流社会品茗赏画的琐碎风雅。他的诗作对大自然的神奇、伟大进行了极力的赞美,对处于社会下层的体力劳动者进行了歌颂,其中大部分都被收入了《草叶集》。《草叶集》是惠特曼一生创作的总汇,也是美国诗歌史上一座灿烂的里程碑。在《草叶集》中,诗人站在激进资产阶级民主主义的立场上,对美国这块“民主的大地”进行了讴歌。本社精选了《草叶集》中的一些名篇,在此重新整理成书。这本书中的诗作包含了丰富而又深刻的思想内容,充分反映了十九世纪中期美国的时代精神。

图书在版编目（CIP）数据

草叶集/（美）惠特曼著；代秦译. — 北京：北京联合出版公司，2014.12
（2018.9重印）
（中小学生必读丛书）
ISBN 978-7-5502-3973-9

Ⅰ．①草… Ⅱ．①惠… ②代… Ⅲ．①诗集－美国－近代
Ⅳ．①I712.24

中国版本图书馆CIP数据核字(2014)第258887号

草叶集

出版统筹：新华先锋
责任编辑：王　巍
封面设计：王　鑫
版式设计：先锋设计

北京联合出版公司出版
（北京市西城区德外大街83号楼9层 100088）
三河市东兴印刷有限公司印刷　新华书店经销
字数238千字　787毫米×1092毫米　1/16　19印张
2018年9月第2版　2018年9月第3次印刷
ISBN 978-7-5502-3973-9
定价：36.00元